# 從先知
# 到先知的花園

*The Prophet & The Garden of The Prophet*


KAHLIL GIBRAN

卡里．紀伯倫——著

何雪菁——譯

推薦導讀一　先知愛與美的信息——鄭慧慈教授　007

推薦導讀二　先知話語中的對立與合一——鐘穎老師　013

輯一——《先知》　019

・船隻將至 The Coming Of The Ship

・愛 On Love

・婚姻 On Marriage

・孩子 On Children

・施予 On Giving

・飲食 On Eating and Drinking

・工作 On Work

・快樂與悲傷　On Joy and Sorrow

- 房舍 On Houses
- 衣物 On Clothes
- 買賣 On Buying and Selling
- 罪與罰 On Crime and Punishment
- 法律 On Laws
- 自由 On Freedom
- 理性與感性 On Reason and Passion
- 痛苦 On Pain
- 自我認識 Self-knowledge
- 教導 On Teaching
- 友誼 On Friendship
- 說話 On Talking
- 時間 On Time

・善與惡 On Good and Evil
・祈禱 On Prayer
・享樂 On Pleasure
・美 On Beauty
・宗教 On Religion
・死亡 On Death
・告別 The Farewell

輯二——《先知的花園》 129

・歸來 Return
・花園 The Garden
・國家 The Nation
・夢想與思緒 Dreams and Thoughts

・距離 The Distance
・夜晚 The Night
・歲月 The Years
・露珠 The Dewdrop
・孤獨 On Alone
・石頭與星星 Stone and Star
・上帝 God
・赤裸 On Naked
・存在 On Being
・心靈之果 The Fruit in the Soul
・遠離 Leave away
・重生 Reborn

推薦導讀一

# 先知愛與美的信息

紀伯倫（一八八三至一九三一年），一位因惡劣政治環境而移居美國的黎巴嫩藝術家、詩人、哲學家。他年少時便嶄露藝術天分，一九〇五年開始發表文學創作後，因其雄厚的繪畫根柢，作品中屢屢呈現美學引導構思、誠實探索內在靈魂的獨特風格。他以「紀伯倫詩散文」文體揚名於阿拉伯世界，並引領海外阿拉伯移民文學的風潮，開啟阿拉伯文學的新時代。他的《瘋子》、〈儀隊〉、《叛逆的靈魂》、《折斷的翅膀》、《淚與笑》、《沙與沫》……等許多散文、散文詩及詩散文作品發表後便風靡一時，尤以《先知》一書享譽世界文壇，百年後的今天，其地位依然屹立不搖。

紀伯倫擁有傲世的文學成就，部分歸因於其藝術天賦，更多部分則源於生死、離散的人生體驗所養成對時間、空間轉變的敏銳直覺與洞察力。黎巴嫩故鄉、美國移居地、法國藝術滋養地等多元文化的刺激與衝擊，使紀伯倫的思想自然地結合了盛行於阿拉伯民間的蘇菲主義神愛觀，以及當時盛行於西方的浪漫主義唯美觀，並流露現實主義與現代主義的思想痕跡。而《先知》與《先知的花園》便是這種東西思想巧妙交融的奇蹟，是一部神祕的迷你巨著。

一九二三年出版於紐約的《先知》，至今被譯成世界絕大多數的語文。《先知的花園》在紀伯倫過世後於一九三三年出版，是《先知》的第二部分，兩者合併可謂紀伯倫思想的總覽與總結。

紀伯倫在書中跳脫宗教與傳統的束縛，自由的闡釋人性、人與人、人與大自然、人與宇宙、人與神之間的關係，揭露生活各層面的問題與矛盾，並熱情地提出新的視角與觀念。全書使用最接近靈性的詩語言，時而坦率、時而隱晦的對人們懇談，讓心靈晉升至深層的自省與冥想，而貫穿全書的精神無非是對「愛」與

「美」的信念。

紀伯倫在這部書中，似乎將所有生命參與者視為宇宙完整性的元素，所有關於大自然、人與神的聯繫和互動，都是完備愛與美信念的因素。因此，先知的話語所營造的氛圍便自然呈現了兩個截然不同的世界：其一是離群索居的靈性世界，這是個充滿愛與美的目標地，是純淨的靈魂安居所；另一則是充滿矛盾、缺陷的人性世界。先知則是這兩個世界中愛與美的詮釋者、矛盾與缺陷的改革呼籲者。他以格外清晰的意識、深沉的愛分割兩個世界，目的在提升人性並磨合兩個世界的落差，達致「合而為一」。他直接或間接地闡揚純淨愛的精神境界：

「愛所給的，唯有自己；所取的，也只有自己。愛不會佔有，亦不被佔有。因為愛本身已然自足。當你愛的時候，不該說：『上帝在我心中』，而是『我在上帝心中』。別以為你能指揮愛的走向，若愛發現你值得，它將指明你的去向。

愛只為圓滿自身，別無他求。」「愛將你收束，如同穀稼成捆。它打擊你，使你赤身裸體。它淘篩你，使你脫去外殼。它碾碎你，使你純淨潔白。它揉捏你，直到鬆軟柔韌。然後將你拋入它神聖的火焰，使你能夠成為上帝神聖餐宴上的聖餅。」。

這種愛，或許便是他所謂永恆的美與真，都是具神性的自存：「美是生命，是生命揭開自己神聖容顏上的面紗。而你們是生命，也是面紗。美是凝視著鏡中自我的永恆，而你是永恆，亦是鏡子。」「存在是追隨美的腳步，即使她將領你至懸崖邊緣，即使她擁有羽翼而你沒有，即使她就要飛越斷崖，也請亦步亦趨，因為沒有美的所在，便是一片空無。」「生命先於一切萬物，就像美，早在美的事物降生之前，便已擁有翅膀，而真理亦在吐露之前便是真理。」。

為了愛與美，先知經歷了兩趟旅程，其一是浪漫之旅，即關懷之旅，透過陳述靈性覺知之美，讓人類社會充滿愛與和平；其二則是改革之旅，要讓心靈完全掙脫不義與束縛，得到完全的自由、平等。他的自由自然是跳脫黑白、善惡、正邪、美醜……等人性的分別心，「因為它們在陽光下並肩共存，正如黑白絲線互相交織。」進一步能釐清渾沌：「如果你們之中有人要以正義之名施加懲罰，要將斧頭劈向邪惡之樹，請他去關注大樹的根吧；他將看見根部有善有惡，有豐盛也有貧瘠，交纏在沉默的大地心間。」，更期待兩趟旅程殊途同歸，達致一統。

全書中，先知的性格流露著傳統東方的包容、沉著與深邃：「我教導你們的，不是沉默，而是不過度激昂的樂曲。我教導你們關於自己的大我，其中包含所有的人。」，並「以最少的話語道出美好真理」，讓人們無論身處任何時空，都能毫無拘束地自我詮釋與消化。

此部書誠如紀伯倫本人所言，耗盡他的生命，是他嘔心瀝血等待千年的「重生」；重生是澎湃的期待，因為死亡並非生命的終點，而是靈魂的再洗滌、生命的延續點：「我將越過死亡邊界，我將在你耳邊歌唱，即便廣闊海洋的浪已將我帶回廣闊海洋深處。」「我們將同在直到生命的次日，那日黎明將產下你為晨露，在花園之中，將生下我為嬰孩，在女人的胸脯，那時我們將會憶起。」「我的父母將在此處埋葬千次，風也將帶著種子前來千次。而千年之後，你們與我和這些花朵，都將如此時此刻重聚在這座花園。那時，我們都將存在且愛著生命，存在且夢著宇宙，存在且朝著太陽升起。」

而他對重生的期待，未嘗不是深知人性的他存無法通達神性的自存，生命週期便因此千年萬年無止盡的輪迴，繼續傳遞純淨的愛與美，等待圓滿的那一日。

——本文作為政大阿語系退休教授鄭慧慈

寫於二〇二三年十月三十日

推薦導讀二

# 先知話語中的對立與合一

還有人不認識紀伯倫嗎？還有人未曾翻讀過《先知》嗎？他的話語早已滲透了這個世界，哪怕您可能是初次聽見他。

這本小書的結構簡單，第一部《先知》談的是先知阿穆斯塔法即將返鄉，返鄉前，這個他曾居住了十二年的小鎮居民央求他分享他這些年來所領悟的真理。

而第二部《先知的花園》則是阿穆斯塔法返鄉後的故事，他回家後沒多久再次離去，這次他不知所蹤。他的去來正應了《福音書》裡的那句話：「我實在告訴你們，沒有先知在自己家鄉被人悅納的。」因為他們看得太遠，愛得太深，以致於忽略了自己走得太快的步伐。

紀伯倫是否以阿穆斯塔法自況？他不被理解的哀傷說明了我們

心中永遠有兩種需求在激盪：歸屬感與自我實現。作為凡人的先知同樣深陷這種兩難，一方面我們需要親友家人的撫慰與肯定，一方面我們又需要追隨內心的指引，最大程度地成為自己。無論我們滿足哪一種，都會因為失落了另一種而哀傷。

這再度說明了人的衝突本質，而紀伯倫在書裡也多次暗示我們內在固有的對立：陽光與陰影、母親與孩子、聖人與罪人、正直者與墮落者，甚至直接以〈快樂與悲傷〉、〈罪與罰〉、〈理性與感性〉作為書中的篇名。

換言之，阿穆斯塔法的深邃，並不是表現在神秘思想中的「天人合一」，而是表現在對衝突的意識；他看見的不是「道」，而是心理學家榮格所稱的兩極（opposites）。他清楚地意識到萬物總是彼此依存，「所有一切，都相依相生」。

人之所以能獲得超脫，是因為我們願意看見和接納自身的對立面，它會擴大我們對世界的覺知，繼而鬆動我們對世界舊有的假設。換句話說，關注陰影（shadow），會為人帶來「腦內風暴」。而我們想追求的超脫，必須在這個基礎上才有可能達成。

因此，我們見到的其實是一個迥異於禪宗的傳統，禪宗公案中常出現「喝」與「棒」來當作止息提問者妄念的手段，但紀伯倫提供的路徑卻很不同。他的詩句裡大量採用了自然風景，諸如：風與海，花與鳥，土地與天空。他不截斷思緒，而是提供象徵。又有誰能不被這些景物給感動呢？紀伯倫的詩之所以是跨文化的，正因為他所使用的象徵是跨文化的。

讀者同樣會注意到，他若在此處提及上帝，便會在他處提及「內在更偉大的自己」。很顯然，他並不認為上帝是自外於人的存在，相反地，祂映照著人人共通的大心，或者榮格心理學所說的自性（Self）。只有能觸及內在神聖的人，才會在外界看見神聖。只有深知自己是神聖一份子的人，才會將他人視為神聖。大心連結著彼此，從而使渺小的我們變得永恆。

紀伯倫的詩句因此處處透露著榮格的洞見，也處處反映著自性的靈光和他個體化（individuation）路上的風景。唯有如此，我們才能明白何以在《先知》與《先知的花園》兩篇詩集裡，率先發問的都是女性，前者是女先知阿米特拉，後者是他小時候的女玩伴卡麗瑪。

用榮格心理學的觀點來看，她們是阿穆斯塔法的引路神（psychopomp），帶領他從異界返還人世，她們也是男性心中的靈魂（anima／阿尼瑪），阿穆斯塔法因此才能從雙唇中吐出智慧的語言。同樣地，當紀伯倫在此處提及神時，也會在他處提及「人」。「他人便是你更寬闊的道路。」因此他要我們把鄰居當成彼此的神。但他人雖是道路，生命卻只能自己獨享。

就是這樣彼此矛盾的話語，讓許多讀者百思不得其解紀伯倫的意思。如果你也有類似的感受，那麼這正是他想達成的效果。他不要你拘泥於文字，不要你的心中滿是信條，卻沒有真正的信仰。

他為此感到哀傷，榮格也為此感到惋惜。我們是如此看重對錯黑白，看重非此即彼，從而讓生命失去了流動性，並輕易而唐突地評價他人，引發許多痛苦的紛爭。因此，書裡才特別指出，到達彼岸的途徑從來不是知識，也不是領悟。而是在這兩者之間，「有一條秘徑，你必須找到，才能與全人類合為一體，從而與自己合而為一。」

這種對人心的「宗教性」，而非對實體宗教的強調，正是本書的特色。有意思的是，它也是佛教的特色。「見諸相非相，即見如來。」就我來看，《金剛經》與紀伯倫的意旨，並無二致。

每年，我都會和學生分享這本小書，我不厭其煩地告訴他們，日後的人生若是遇見了困惑，身邊有人可以請教最好；如果沒有，那就回來翻讀《先知》與《先知的花園》吧！裡頭的東西或許你暫時還不明白，但時間將教會你一切，這本書也會幫助你成為一個成熟且有智慧的大人。

都說紀伯倫的文字是黎巴嫩獻給西方世界的禮物，但我想多數人同樣贊同，這本書更是獻給每個人的甘泉。特別是那些對傳統宗教與哲學感到煩膩的人們，它將會是你探求生命之謎的最佳嚮導。

二十年過去了，它依舊在我的書架，陪伴著我在現實的大地歌唱，在想像的天空中遨翔。請讓本書一起陪伴著你，那將流傳千古的話語。

——本文作為諮商心理師　鍾穎

# 【輯一】先知

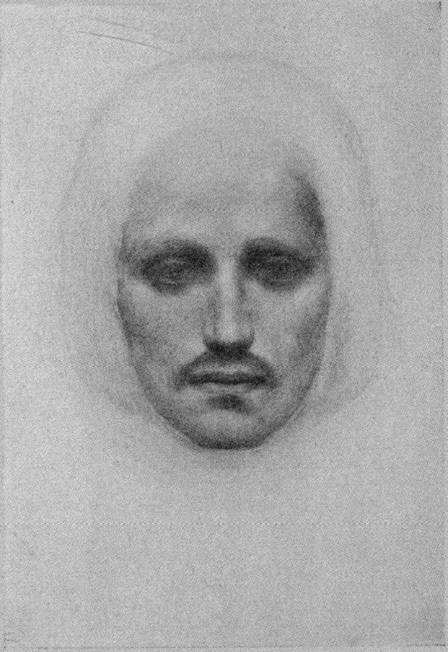

## 〈婚姻〉

彼此相愛吧，
卻不要形成愛的牽絆，
注滿彼此的水杯，
卻不要飲自一個杯子。
分享自己的餐點，
卻不要共食一條麵包。
同歌共舞享受喜悅，
但讓彼此成為獨立的自己，
就像魯特琴上的每根弦，
雖合奏出同一首樂曲，
卻各自獨立存在。

## 〈工作〉

你總聽人說，工作是磨難，勞動則是不幸。
但我告訴你，工作是在完成大地最極致的夢想，
當你藉由勞動去熱愛生命，就是貼近生命最深處的秘密。
當你懷著愛工作，你與自己連結，與他人相繫，也與神相合。

## 〈罪與罰〉

邪惡與軟弱之人，也不會比你們心中至為低劣者更加卑下。
就像一片葉子轉黃，它必然已默默預見大樹的凋亡，
犯行者鑄下錯誤之前，必然先有全體的意志默許。
正義之士面對惡徒的行徑不是純潔無辜，
清白者面對重罪犯的作為也非全無汙點。
事實上，受害者常是有罪之人，
而更多時候，遭判有罪者其實是為那些
無罪與未受責備者背負了重擔。

# 船隻將至

# THE COMING OF THE SHIP

阿穆斯塔法，那天選而備受鍾愛之人，是其時代的曙光。他在奧菲利斯城等候了十二年，等待他的船隻回航，接引他回到出生之島。

到了第十二年的以祿月，即收穫之月。第七日，他爬上城牆外圍的山丘，望向海洋，看見自己等候的船隻在霧中緩緩駛近。

此刻，他心門敞然，喜悅之情翻飛越過海洋。

他閉上眼，在靈魂的靜默中禱告。

正當他下山時，卻有一股悲傷湧出。

他心中思索：我要如何平靜的離去，無憂無傷？

不，當我離開這座城市，心靈不可能毫無傷口。

在這些城牆內，我曾度過漫長的苦痛之日與孤獨之夜。

而誰能在啟程時拋下苦痛與孤獨，不帶走一絲遺憾。
我曾在這些街道上散落太多心靈的碎片，由我渴望而生的孩子，也曾赤裸裸行走在山丘之間。
我怎能就此將它們捨棄，而不感到負擔與疼痛。
今日我所褪去的，不是衣物，而是親手撕去的肌膚。
不是拋諸腦後的思緒，而是一顆因熱切與渴求而甜蜜的心。

但我不能繼續逗留。
海洋呼喚萬物回歸懷抱，此刻她呼喚著我，我必須啟航。
即使時光在夜裡不停燃燒，但若我裹足不前，仍將凍結成晶，僵固成模。
縱使我萬般情願想帶走此處的一切，但我如何能夠？
就像聲音無法帶走為自己插上翅膀的唇舌，而須獨自飛入蒼穹。
老鷹也必須離巢，隻身劃過空中的太陽。

抵達山腳時，他再次轉向海洋，看見自己的船逐漸靠近港灣。
船首站著幾名水手，來自他的家鄉。
他的靈魂向他們高喊，他開口說：
同是遠古母親的孩子啊，你們是乘風逐浪之人，
多少次你們在我的夢中航行，然而此刻你們卻在清醒時分前來，這是我更深的夢境。
我已準備好啟程，我的熱望已揚滿風帆，只待風起。
我只能再一次呼吸這靜止的空氣，再一次依戀回望，
然後我將與你們並肩，一同成為航海之人。

而廣闊的海洋啊，你是無眠的母親，
唯有你，是溪流與河水最終的平靜與自由。
我這條小溪只會再一次蜿蜒，再一次潺潺流過林間，
然後我將朝你奔去，化身為無垠海洋中一滴無垠的水珠。

行走間，他看見遠處男男女女離開田野與葡萄園，匆匆走向城門。

他聽見他們的聲音，正呼喚自己的名字。

他聽見他們在田野間高喊，告訴彼此他的船隻將至。

他對自己說：

離別之日不正是相聚之時？

難道不能說，我的黃昏實則正是我的黎明？

對於那些在田壑間拋下犁器，或者停止轉動葡萄酒壓榨機而來的人們，我能給予些什麼？

我的心是否將化為一棵結實纍纍的樹，讓我摘下果實相贈？

我的渴望是否將如湧泉，讓我注滿他們的杯子？

我是否成為豎琴，由上帝伸手撥動；

是否成為笛子，任祂的氣息流通。

我是追尋沉默之人，曾在靜默中覓得何種珍寶，足以滿懷信心與人共享？

若這真是我的收穫之日，
我曾播下的種子卻是在哪一片原野，哪一個被遺忘的季節？
若這真是我高舉燈盞之時，燃燒的也並非我的焰火。
我將舉起一盞空無闃黑的燈座，
由夜的守護者澆入燈油，點燃燈火。

這些話他以言語表達，心中卻有許多角落言不盡意，
連他自己也無法道出那更深沉的秘密。

當他抵達城市，所有人都前來相迎。
他們向他呼喊，彷彿異口同聲。
城裡的年長者趨步向前，說：
請不要離我們而去。
在我們的垂暮之年，你恰日正當中。
你的青春給了我們作夢的夢境。

在我們之中，你不是陌生人，不是過客，
而是我們的兒子，我們的至親至愛。
還不到時候要讓我們的雙眼渴盼你的面孔。

男女祭司也向他說：
別讓海浪在此刻將我們分離，
別讓你在我們之間度過的歲月化作回憶。
你在我們之間以靈魂的姿態行走，
你的影子是光，照亮我們臉龐。
我們如此深愛著你，只是我們的愛無法言語，罩上了面紗。
此刻，這份愛向你高呼，願意在你眼前全然坦露。
愛總在分離之時，才明白自己幾許深摯。

其他人也前來懇求，他卻沒有回應，只是垂下了頭。
站在他身旁的人們看見他的淚水滾落了胸膛。

他與人群一同前往神殿前的大廣場。

聖殿當中走出一名女子，她是阿米特拉，一位女性先見者。
他凝視她，眼神極為溫柔。
當初，她是第一個尋求且相信自己的人，
那時他來到他們的城市不過一天。
此刻，她向他呼喊：
上帝的先知啊，追求至高無上之人，
長久以來，你向遠方搜尋你的船隻。
而今船隻到來了，你必須離去。
你如此深切渴盼自己回憶的故土，以及更巨大渴望的居處，
我們的愛無法束縛你，需求也不會牽絆你。
只請求你，在離去之前，告訴我們你的真理。
我們將傳給我們的孩子，再由他們傳給他們的孩子，使真理永不熄滅。

你曾在孤寂中看守我們的歲月，
在清醒時聆聽我們夢中的歡笑與悲泣。
此刻，揭示關於我們的祕密吧。
告訴我們那些向你顯現的，在生與死之間的一切。

他答道，
奧菲利斯城的人們啊，
除了你們靈魂當中，即使此刻也搏動不息的思慮外，
我能說些什麼？

# 愛
## On Love

然後，阿米特拉說，告訴我們關於愛吧。

他抬頭，凝視人群，一陣靜默悄悄降臨。

他朗聲道：

當愛召喚你，請跟隨它的道路，
不論路途如何艱辛陡峭。
當愛張開翅膀擁抱你，請將自己交付給它，
即使它的羽翼藏有刀劍，可能使你受傷。
當愛向你說話，請相信它，
即使它的聲音可能粉碎你的夢想，一如北風摧殘花園。
因為愛雖然為你加冕，也會對你嚴酷折磨。
愛為了讓你成長，也為了將你修葺。

愛雖會攀升至你的頂梢，輕撫你在陽光中顫抖的柔嫩枝枒，
但它也將垂降至你的低處，鬆動你緊攫土壤的根柢。
愛將你收束，如同穀稼成捆。
它打擊你，使你赤身裸體。
它淘篩你，使你脫去外殼。
它碾碎你，使你純淨潔白。
它揉捏你，直到鬆軟柔韌。
然後將你拋入它神聖的火焰，
使你能夠成為上帝神聖餐宴上的聖餅。

愛將在你身上如此作為，使你知曉心中的秘密，
你將因這份領悟而成為生命之心的一部分。
然而，若你因為恐懼，只願追求愛帶來的平靜與愉悅，
那麼你大可遮掩赤裸的自己，走出愛的打穀場，走入不分四季的世界。

在那裡，你將歡笑，卻不是全部的笑聲；
亦將哭泣，卻不是全部的淚水。

愛所給的，唯有自己；所取的，也只有自己。
愛不會佔有，亦不被佔有。
因為愛本身已然自足。
當你愛的時候，不該說：「上帝在我心中」，
而是「我在上帝心中」。
別以為你能指揮愛的走向。
若愛發現你值得，它將指明你的去向。

愛只為自身而圓滿，別無他求。
然而，若你愛的時候，必然要有渴望。
渴望這些吧：
渴望融化，成為一道汩汩小溪，為夜晚輕唱歌曲。

渴望懂得太過溫柔的疼痛。
渴望因為切身理解愛而受傷，流下甘願而喜悅的鮮血。
渴望清晨醒轉，滿心雀躍，感謝又是一個可以愛的日子；
渴望正午歇息，沉思愛的狂喜；
渴望黃昏返家，滿溢感恩之情；
然後入睡時，心中念想著為所愛之人的禱詞，口中吟唱著對神的頌歌。

# 婚姻
## On Marriage

然後，阿米特拉再度開口說：賢者，關於婚姻呢？

他答道：

你們共同誕生，也將永遠互相牽繫。
即便當死亡的白色羽翼分離你們的日月，你們仍將相守。
是啊，甚至相守在上帝沉默的回憶之中。
然而，你們的牽繫要留下空間，
讓天國裡舞動的風流轉通過。

彼此相愛吧，卻不要形成愛的牽絆：
在你們靈魂的彼岸之間，請容許波動的海洋漫流而過。
注滿彼此的水杯，卻不要飲自一個杯子。

分享自己的餐點，卻不要共食一條麵包。
同歌共舞，享受喜悅，但是讓彼此成為獨立的自己，
就像魯特琴上的每一根弦，
雖合奏出同一首樂曲，卻各自獨立存在。

給出你的心，卻不是交由對方保管，
因為你的心，唯有生命之手得以承接。
並肩站立，卻不是緊密相連：
正如神廟中的石柱分別佇立，
橡樹與柏樹也不會使枝枒蔓生至彼此的陰影之中。

# 孩子
## On Children

接著，一名胸前懷抱嬰孩的女子說，告訴我們關於孩子吧。

他說：

你的孩子不是你的孩子。
他們是來自生命的渴望而誕生的子女。
他們透過你而存在，卻不來自你。
儘管他們在你身旁，卻不屬於你。

你可以給他們你的愛，而非你的思想，
因為他們有自己的思想。
你可以提供居處給他們的身體，卻不能給他們的靈魂，
因為他們的靈魂住在明日之屋，你即便在夢中也難以造訪。

你可以盡力模仿他們，卻不要期待他們像你，
因為生命從不倒流，也不耽溺於昨日。
你是弓，你的孩子是注滿生命力的箭，
他們從你之處向前飛行。
弓箭手瞄準的路徑朝向無垠，
祂以自身力量將你彎曲，使祂的箭飛得又快又遠。
當你在祂手中彎曲，讓自己心懷喜悅吧。
因為祂雖愛那飛翔的箭，也愛堅實穩固的弓。

# 施予
## On Giving

然後，一位富人說，請告訴我們關於給予吧。

他答道：
當你給出自己的財富，你只給出了些許。
當你付出了自己，才是真正的給予。
畢竟，你的財富不就是你為了擔憂明日所需，而持有看守的物件嗎？
而明日，對於那隻跟隨朝聖者前往聖城的狗兒來說，當牠過度謹慎，將骨頭埋入不著痕跡的沙堆裡，明日又將為牠帶來什麼？
對於需求的恐懼，不正是需求的本身？
當你的井裡填滿了水卻仍恐懼口渴，這份恐懼不正是無可飽足的飢渴？

有些人只願給出自己的一小部分，而且是為了獲得讚賞而給予，這份暗藏的願望使他們的禮物不再有益。

也有些人擁有的東西並不豐盛，卻願意完整地給予。

這些人是生命的信徒，他們相信生命豐厚，他們的寶庫永不匱乏。

有些人給予時心懷喜悅，喜悅便是他們的酬賞。

也有些人給予時感到痛苦，苦痛便是他們的洗禮。

還有些人給予時不知痛苦，不求喜悅，也不在意美德；

這些人的給予如同遠處山谷的香桃木，

將自身芬芳吐露於空中。

正是經由他們的手，上帝能夠傳達話語，

祂在這些人的雙眼之後向世間微笑。

在他人求取時給予固然好，

但更好的是在無人求取時，出於理解而給予。

對於慷慨之人，尋找願意接受者的喜悅，遠勝於給予本身。
還有任何事物是你拒絕給予的嗎？
你擁有的一切終將給出。
所以現在就給吧！讓給予的季節屬於你，而非你的繼承者。
你常說：「我願意給，但只給那些值得的人」。
你園中的果樹不這麼說，牧場裡的牲口也不這麼說。
他們必須給予，方能生存，吝惜便是死亡。
毫無疑問，
值得擁有日與夜的人，也值得接受你所給予的一切。
值得飲用生命之海的人，也值得從你的小溪注滿他的水杯。
而接受時展現的勇氣、自信，甚至寬厚中的那片沙漠，
難道有任何沙漠比它更加浩瀚嗎？
你又是誰？為何人們應該敞開心胸，袒露自尊，讓你看見他們赤裸裸的價值與直率無懼的尊嚴。
先確認自己值得成為給予者，作為給予的工具。

事實上，是生命給予生命。
而你，雖然自視為給予者，其實只是個見證人。
而接受者啊，
你們其實都是接受者，你們不須挑起感恩的重擔，
否則你就是為自己及給予者都套上了枷鎖。
相反的，
你要與給予者一同乘著施受之物翱翔，如同插上翅膀；
因為當你過度沉溺於自己所欠缺的，便是懷疑給予者的慷慨；
而他，有毫無保留的大地作為母親，有神作為父親。

# 飲食
## On Eating and Drinking

然後，一位年邁的旅舍主人說，告訴我們關於飲食吧。

他說：

但願你只需要泥土的香氣便能生長，

或者像氣生植物，僅需光線的滋養。

但是既然你的飲食必須扼殺生命，為了解渴而必須搶奪新生動物的母奶，請讓這些成為虔敬的行為。

讓你的膳食化作聖壇，在此雖然犧牲了森林與原野中純潔善良的生命，卻是為了成就人類內在更多的純潔與善良。

當你殺死野獸，在心中對牠說：

「殺死你的力量，同樣也將殺死我，我也將被吞食殆盡。因為將你送入我手中的天理法則，也將送我到更加偉大的那隻手中。你我的血液，都只是滋養天國之樹的汁液。」

當你的牙齒嚼碎蘋果，在心中對它說：

「你的種子將住在我的身體裡，你的明日之芽將在我心中繁茂，而你的香氣將成為我的呼息，我們將共同歡度每個季節。」

秋日，當你採集葡萄園中的葡萄，送入榨汁機，請在心中說：「我也是一座葡萄園，我的果實將被採收，送入榨汁機。而我也將如新酒般，裝在永久保存的容器。」

冬日，當你取用酒漿，請在心中為每一杯酒唱一首歌；

並在歌裡憶起秋日、葡萄園與榨汁機。

# 工作

## On Work

接著，一位農夫說，告訴我們關於工作吧。

他答道：

你工作，讓自己依循大地及其靈魂的節律。

因為閑散度日就是與四季疏離，脫離生命的行列，不再隨之莊嚴而驕傲地臣服於永恆。

工作的時候，你是一根蘆笛，

時光呢喃地穿透你的內裡，成為樂音。

你們之中，

有誰願意在萬物齊唱時，只做一根喑啞沉默的蘆葦？

你總聽人說，工作是磨難，勞動則是不幸。

但我告訴你，工作時，你是在完成大地最極致的夢想，這個夢想在它誕生之時就已經指派給你。
當你投身勞動，事實上，你正愛著生命，
藉由勞動去熱愛生命，就是貼近生命最深處的秘密。
然而，若你因為痛苦而將生產視為折磨，
將維持肉體所需的工作視為刺在眉間的詛咒，
那麼，我的回答是，
唯有你眉頭的汗水能夠洗去那刺下的詛咒。
有人告訴你，生命是黑暗，
你在疲憊之中也應和了那些疲憊之人的話語。
我說，生命確是黑暗，除非擁有渴望。
所有渴望皆盲目，除非擁有知識。
所有知識皆無用，除非付出工作。
所有工作皆空洞，除非有愛；
當你懷著愛工作，你與自己連結，與他人相繫，也與神相合。

懷抱著愛工作，是什麼意思？

是在編織衣料時使用由心而出的絲線，彷彿衣服要穿在心愛之人身上。

是在建造房屋時帶著情感，彷彿心愛之人將住在屋內。

是在播種時滿懷溫柔，收割時無限喜悅，彷彿果實將送入心愛之人口中。

是將自己靈魂的氣息灌注在工作的產物，心知所有賜福的先人都圍繞在身旁注視。

我常聽你們彷彿囈語：「大理石工匠在石頭裡找到靈魂的形狀，他們比耕種土地的農夫更加高貴。藝術家能夠捕捉彩虹，將其揮灑於畫布，並繪出人之形象，他們比起製作我們腳上草鞋的人更加偉大。」

但我並非在睡夢中，而是在極為清醒的正午時分說：

當風對著巨大橡樹說話，並不比對著任何一撮小草更加溫柔。

人類唯有以愛將風的話語化為更甜美的歌曲，才是偉大。

工作是愛的具體展現。

如果你無法懷抱著愛工作，而是充滿了厭惡，那麼你就該停止工作，坐在神廟大門口，領取那些喜悅工作之人所給予的救濟。因為當你以冷漠的心烘焙，你將烤出苦澀的麵包，只能餵飽人們部分的飢餓。

若你厭棄葡萄榨酒的工作，你的不情願將提煉成毒，化入酒中。

假使你的嗓音如同天籟，卻不喜歌唱，你的歌聲將蒙蔽人們的耳朵，使其錯過日與夜的呼聲。

# 快樂與悲傷

On Joy and Sorrow

接著，一名女子說，告訴我們關於快樂與悲傷吧。

他說：
你的快樂是脫下面具的悲傷。
你的歡笑升起時，源頭的那口井也時常溢滿你的淚水。
怎麼可能不是如此？
因為悲傷將你刻鑿得愈深，你就能容納愈多的快樂。
盛裝你手中佳釀的酒杯，不也在陶工的火爐中承受過烈火？
撫慰你靈魂的長笛，不正是以尖刀鑿空的木頭？
當你快樂時，探究你的內心，便會發現，
正是那曾使你悲傷之事，在此刻帶給你快樂。
當你悲傷時，再次探問內心，也會發現，

你其實正為曾經的喜悅而悲泣。

你們有些人說，快樂比悲傷重要，
也有人說，不，悲傷更加重要。
但我告訴你們，兩者不可分割。
它們相伴而來，當其中一個與你獨坐桌邊，
請記得，另一個正睡在你的床上。
事實上，你就像天秤，擺盪在悲傷與快樂之間。
除非內心一無所有，你才會停止搖擺，歸於平衡。
當寶物的主人將你舉起，用來掂量金銀，
你的快樂或悲傷必然此起彼落。

# 房舍
## On Houses

接著，一名石匠走上前說，告訴我們關於房舍吧。

他答道：

在城牆內建築房屋前，先在想像中構築一座荒野休憩亭吧。

正如你在黃昏返家，

你內心那個始終孤獨的流浪者，也需要回家。

你的房屋是身體的延伸。

它在陽光下生長，在夜的靜默中沉睡。

然而，它並非一夜無夢。

你的屋子難道不會做夢嗎？

它夢著離開城市，前往樹林與山頂。

但願我能用手兜起你們的屋子，

然後播種般將它們撒入森林與草原。
但願溪谷是你們的街道，綠徑是巷弄，
讓你們在尋覓彼此時穿梭在葡萄園，衣物也帶上泥土的芬芳。
只是這些尚未成真。
你們的祖先因為恐懼，而讓你們聚居得過於緊密。
這份恐懼會持續，你們的城牆仍將分隔你們的居所與田地。

奧菲利斯的人們啊，告訴我，你的屋子裡裝著什麼？
緊鎖的門扉裡又守著什麼？
你是否擁有寧靜，那份展現力量卻不聲張的渴望。
你是否擁有回憶，閃著光芒，如拱橋般橫越心智的高峰。
你是否擁有美感，引領你的心從木石製物通往神聖的山稜。
告訴我，你的屋裡可有這些東西？
還是只有安逸，以及追求安逸的欲望？
這份欲望在進屋時雖只是客人，卻會漸漸反客為主。

是的，欲望將成為宰制，以鉤索和鞭子駕馭你膨脹的貪婪，使你成為魁儡。
它的雙手雖如絲般滑膩，心卻由鐵製成。
它哄你入眠，只為站在你的床邊，訕笑肉體的尊嚴不過如此。
它嘲弄你的理智，使其化作薊花的冠毛飄盪，脆弱如汪洋小船。

事實上，追求安逸的欲望會殺死靈魂的熱忱，
並且咧嘴笑著參加靈魂的喪禮。
但是你們啊，宇宙的孩子，
你們雖暫時歇息卻永不止息，不會落入圈套，也不受到宰制。
你的屋子不是停泊的錨，而是揚帆的桅。
不是掩蓋傷口的閃亮薄膜，而是護衛雙眸的眼皮。
你不會為了通過大門而折損羽翼，不會為了避開天花板而低下

頭，更不會為了避免屋牆破裂傾頹，而害怕呼吸。
你不會住在死者為生者所建造的墓穴。
你的屋子即便金碧輝煌，
卻不為你隱匿秘密，也不窩藏你的渴望。
因為你心中無邊無際的一切，都居住在上蒼的屋宇之中，
晨霧即是門扉，夜的歌聲與靜默便是窗戶。

# 衣物
## On Clothes

接著，一名織工說，告訴我們關於衣服吧。

他說：
你的衣服遮蔽了你大部分的美，卻無法隱藏那些不美之處。
儘管你試圖藉由衣物獲得隱私的自由，
卻可能在其中找到枷鎖與鐵鍊。
但願你能透過更多的肌膚與更少的衣服，迎接日照與風吹。
因為生命的氣息是在陽光底下，而生命之手就在風中。
你們有些人說，
「我們身上穿的衣服是由北風編織而成。」
我說，是啊，確實出自北風之手，
但是它的織布機踩動的是羞恥，

它的織線是人們軟化的精神。
當它編織完成便在林中歡笑，
從未忘記衣著端莊其實是為了障蔽不潔的雙眼。
然而，當邪念的目光不再，
端莊不也只是心靈的鐐銬與汙染？
請別忘記，
土地樂於感受你赤裸的雙足，
風兒盼望與你的髮絲遊戲。

# 買賣

## On Buying and Selling

接著，一名商人說，告訴我們關於買賣吧。

他答道：

大地為你產出豐饒之物，只要知道如何享用，便不虞匱乏。

當你們交換大地的餽贈，便能豐衣足食，心滿意足。

然而，你們的交換除非秉持著愛與慈善的正義，否則只會使某些人走向貪婪，某些人感到飢餓。

在市場裡，你們之中那些在海上、田野與果園中的辛勞者，將遇見織工、陶工與香料採集者。

此時，呼喚大地的主靈吧，

請祂來到你們當中，使衡量對價的磅秤與帳本潔淨而神聖。

不要讓空手前來的人參與你們的交易，

他們只會兜售空話，換取你們辛勞的果實。
你應該對這些人說：
「和我們一起下田吧，
或者，與我們的手足一同出海，撒下漁網；
土地與海洋的富足不只賜予我們，也將賜給你們。」

如果前來買賣的是歌手、舞者與弄笛人，
同樣買下他們充滿天賦的禮物吧。
因為他們也是果實與乳香的採集者。
他們帶來的東西雖由夢製成，卻是靈魂的衣裳與食糧。
在你離開市集前，確保沒有人空手而歸。
因為必須等你們當中即便最不起眼的那人也獲得了滿足，
大地的主靈才能乘著風安穩入眠。

# 罪與罰
## On Crime and Punishment

接著，城市裡的一名法官上前說，告訴我們關於罪與罰吧。

他答道：

只有當你的靈魂乘著風飄蕩迷途，
你才會在孤獨又毫無防備之下錯待他人，也因此錯待自己。
為了自己犯下的罪，
你必須站在有福之人屋外叩門等候，不受待見。
你那神性的自我如同海洋，永遠不受玷汙。
神性自我也如蒼穹，只讓擁有羽翼者升空翱翔。
神性自我更似太陽，
它不識鼴鼠的地穴，也不願探尋蛇蠍的孔洞。
然而，神性自我並非孤身存在於你之中。

在你之中，仍有許多的部分是人，甚至尚未成人，而是形貌未定的小人，還在迷霧中夢遊摸索，試圖覺醒。
此刻，我話語說的，是存於你內在的人。
因為認識犯罪及懲罰的，並非你的神性自我或小人，
而是你內在的那個人。

很多時候，當你們提到犯錯之人，說得彷彿他不是你們當中的一份子，而是個陌生人。甚至是侵犯你們世界的人。
但我說，正如神聖與正義之士，相較於你們心中所秉持的至高點，並不更加崇高，
邪惡與軟弱之人，也不會比你們心中至為低劣者更加卑下。
就像當一片葉子轉黃，它必然已默默預見大樹的凋亡，
犯行者鑄下錯誤之前，必然先有全體的意志默許。
你們有如一列行伍，共同步向自己的神性自我。

你們是道路，也是行路人。
當某個人跌倒，
他是為了後方的同行者，警告他們前方有絆腳石。
啊，他也是代替走在前方的人跌倒，
因為這些人儘管步伐迅速又穩健，卻沒能移除絆腳石。

此外，我也要提醒，即使這些話語將沉甸甸地壓在你們心頭：
遇害之人對於自己的謀殺，並非毫無責任，
遭搶之人對於被搶，也不是全無過錯。
正義之士面對惡徒的行徑，不是純潔無辜，
清白者面對重罪犯的作為，也非全無汙點。
事實上，受害者常是有罪之人，
更多時候，遭判有罪者，
其實是為那些無罪與未受責備者背負了重擔。
你無法切割正義與不義，亦難劃分良善與邪惡；

因為它們在陽光下並肩共存，正如黑白絲線互相交織。
當黑線斷裂，織布者會端詳整塊布料，也會檢視那台織布機。

如果你們之中有任何人要送不忠的妻子去接受審判，
請讓審判者同樣以天秤衡量她丈夫的心，以尺規度量他的靈魂。
讓抨擊罪犯的人，也去看看受到冒犯者的心靈。

如果你們之中有人要以正義之名施加懲罰，要將斧頭劈向邪惡之樹，請他去關注大樹的根吧；
他將看見根部有善有惡，有豐盛也有貧瘠，交纏在沉默的大地心間。

而你們這些尋求正義的法官啊，
面對一個身體行為正直，心靈卻是賊偷之人，你會如何宣判？
面對一個戕害他人身體，而自己的心靈也受到戕害之人，你將如何刑罰？

若有人在行徑上是騙徒與迫害者，同時也是委屈憤懣之人，
　　你又如何將他起訴？

你如何懲罰那些悔悟已經超越了自身犯行的人？
悔悟難道不是你所樂於服膺的法律所施展的正義？
然而，你無法將悔悟加於無辜之人，
也無法使其在有罪者的心中消散。
悔悟在夜深人靜不請自來，讓人醒轉，凝視自我。
而想要理解正義的你，若非在全然的光亮之中，要如何明察所
有的作為？
　　唯有如此，你才會懂：
　　正直者與墮落者其實是同一人，站在日夜交界的暮色中，介於
他內在小人的暗夜與神我的白晝之間；
　　而神廟中作為基準的房角石，並未高於地基位置最低的那顆石
頭。

# 法律

On Laws

接著，一位律師說：賢者，關於我們的法律呢？

他答道：

你們樂於定立法律，卻更喜歡破壞法律。

就像孩子在海邊玩耍，

不屈不撓地以沙築塔，然後又嘻笑著毀去。

你們一邊築起沙塔，海浪一邊將沙帶走，拍到岸邊。

當你毀去沙塔，海洋與你齊聲大笑。

是的，海洋總是與純潔之人同樂。

但是對有些人而言，生命並非海洋，人為法律也並非沙塔。

這些人又如何？

他們視生命為岩石，而法律則是用來將生命雕成形貌的鑿子。

若有跛足之人憎惡舞者，那又如何？

公牛熱愛自己的牛軛，視林中麋鹿與野鹿為漂泊無依之物，那又如何？

老蛇無法蛻去舊皮，指摘其他同類赤裸無恥，那又如何？

有人提前抵達婚宴，痛飲朵頤到昏昏欲睡，再大放厥詞，說盛宴違反律法，饗宴者盡皆犯禁。

對於此人，又該如何？

對於他們，我該說些什麼？

只能說，他們雖站在陽光之下，卻背對太陽。

他們只看見自己的陰影，陰影即是他們的法律。

對他們而言，太陽不就只是投下陰影之物？

即便認可法律，他們也只是彎下身，追索法律投在地面的陰影。

這又代表什麼？

但是你們啊，面朝太陽之人，
土地上描繪的何種形象能夠控制你們？
你們與風同行，何種風向標能主導你的方向？
若你破除自己的軛，卻未破壞任何人的牢獄之門，
那麼，什麼人類律法能將你綑綁？
若你手舞足蹈，卻不曾絆倒在任何人的鐵鍊之上，
那麼，什麼律法將使你恐懼？
若你扯去衣衫，卻不是拋擲在他人的道路上，
又有什麼人會送你前去審判？

奧菲利斯的人們啊，你可以搗住鼓面，鬆開里拉琴弦，
但是誰能命令雲雀不再歌唱？

# 自由

## On Freedom

一名演說家說，告訴我們關於自由吧。

他答道：

我曾見你在城門前與火爐邊，五體投地敬拜自由，

如同奴隸在暴君面前，即使受其殘害仍自我貶抑，稱頌對方。

是啊，在神殿的樹叢與堡壘的影子裡，我曾看見你們之中最自由的人，將自由穿戴成鐐銬枷鎖。

我的心在身體內淌血。

唯有當追求自由的欲望也成為你所駕馭的輓具，當你不再將自由視為目標與成就，你才能自由。

你將獲得自由，

卻不是在白日無憂無慮，夜裡不再感到需求與悲傷，

而是當這些東西雖然纏繞你的生命，
你卻能夠跨越，並感受到赤裸裸又不受束縛。

你將如何跨越日與夜？除非打破你在智識初明之際就為自己的正午綁上的鎖鏈。
事實上，你所謂的自由，在這些鎖鏈之中最為堅固，儘管釦環在陽光下熠熠發光，使得你目眩神迷。
你為追求自由而拋棄的，難道不是自我的碎片？
若你欲求廢除的是不義之法，這條法律也是由你親手寫在自己的額上。
即使焚毀法典，甚至將海水傾倒於法官的額頂，也無法將其抹除。
若你想推翻的是專制暴君，請先毀去他在你心中樹立的王位。
因為暴君如何能夠統治一群自由而自重的人民？
除非人們在自己的自由裡懷藏專制，而且在尊嚴內藏著恥辱。

你雖想擺脫憂慮，但憂慮卻是你所選擇，而非強加於你。

你雖想驅逐恐懼，但恐懼卻源自你的內心，而不握在恐懼對象的手中。

其實，你內在湧動的一切，始終佔據你的懷抱，

不論是你渴望的或憂慮的，厭惡的或珍愛的，欲追尋的或想逃離的。

這一切都在你之中活動，如同光影成雙，互相依附。

當影子淡去消逝，逗留的光線便成為另一道光的影子。

正如你的自由，當它掙脫束縛，便成為更偉大的自由的桎梏。

# 理性與感性

On Reason and Passion

接著，女祭司再次開口：告訴我們關於理性與感性。

他答道：

你的靈魂是戰場，理性與判斷在此向感性與欲望發動了戰爭。

但願我成為你靈魂的調和者，能將你內在的不協與對立，轉化為協奏與曲律。

但我如何能夠？除非你自己也成為一名調和者。

不，你甚至要成為深愛自己一切本質的人。

你的理性與感性，分別是靈魂航海時的船舵與船帆。

不論是船舵或船帆失靈，你都可能因此顛簸而漂蕩，或在汪洋中停滯不前。

因為理性若單獨統御，會成為侷限你的力量；而感性若不受看管，便成烈焰，終將自身燒毀殆盡。

因此，

讓靈魂將理性抬升至感性的高度，使靈魂得以歌唱；

讓靈魂以理性指引感性，使感性度過每一日的復活，如鳳凰從自我的灰燼中重生。

我希望你將自己的判斷與欲望，視為家中兩位鍾愛的賓客。

毫無疑問，你不會尊崇一位甚於另一位，因為不論更加關注誰，都將使你同時喪失兩者的愛與信任。

當你坐擁群山間的白楊樹蔭，共享田野草地的寧靜安詳，讓你的心在沉默中說，「上帝在理性中常駐」。

當暴風雨來襲，狂風搖撼樹林，狂雷閃電佔領壯麗的天空，讓你的心在震顫中說，「上帝在感性中行走」。

因為你是上帝神域中的一道氣息，也是祂樹林裡的一片葉子。

因此，你也應該在理性中常駐，在感性中行走。

# 痛苦
## On Pain

一名女性開口說，告訴我們關於痛苦吧。

他說：

你的痛苦來自於包裹著理解的外殼破裂了。
正如同果實的殼核必須破裂，果仁才能曝曬在陽光下，
你也必須如此經驗痛苦。
若你能讓自己的心為生命中每一天的奇蹟驚嘆，
痛苦帶來的驚奇將不遜於快樂。
而且你將接受心的四季，
正如你能接受每一個季節通過你的心田。
你將以平靜的心，看守自己悲傷的冬季。
你大部分的痛苦都是自己選擇的。

那是苦藥，你內在的醫生藉此療癒生病的你。
因此，相信那位醫生吧，沉默平靜的喝下他的處方。
儘管他下手又重又狠，引導他的卻是不可見者祂溫柔的手掌。
這位醫生遞來的藥杯，儘管灼痛你的雙唇，
製杯的陶土，卻是由陶工以祂神聖的眼淚所滋潤。

# 自我認識
## Self-knowledge

接著，一名男子說，告訴我們關於自我認識吧。

他答道：

你們的心默默知曉日與夜的秘密，
但是你們的耳朵渴求心中知識的聲響。
你想以文字理解那些思想早已理解之事，
你想以指尖觸摸夢想赤裸的身體。
也確實應該如此。

你靈魂深藏的泉源必須啟程，並且潺潺奔向海洋；
你無盡深處的寶藏將在眼前一覽無遺。
但是不要讓任何天平秤量你未知的寶藏；

不要以標尺或量索探查你知識的深度。
因為自我是無邊無際且無可量度的海洋。

不要說：「我已找到真理」，要說：「我找到了一種真理。」
不要說：「我已找到靈魂的道路」，要說：「我找到了走在我道路上的靈魂。」
因為靈魂走在所有的道途上。
靈魂並不走在一條線上，也不像蘆葦般生長。
靈魂會開展自己，像一朵萬千花瓣的蓮花。

# 教導
## On Teaching

接著，一位老師說，告訴我們關於教學吧。

他說：

沒有人能向你揭露那些原本不在你知識曙光中、半睡半醒之事。

在神殿的影子下，走在追隨者間的導師所給出的，並非智慧，而是信念與關愛。

他若確實有智慧，就不會要你步入他的智慧殿堂，而是引領你走向自我心智的入口。

天文學家或許會與你談及對太空的認識，卻無法灌輸給你他的理解。

音樂家或許會向你唱出存於一切空間的律動，卻無法給你捕捉律動的耳朵，或者與律動共鳴的嗓音。

精通數字的人，或許能描述有關重量與尺寸的領域，卻無法帶你抵達該處。

因為一個人的視野，不會為另一個人插上翅膀。

正如每個人都獨立存在於神的所知，你們也必須孤身面對自己對神的認識，以及對世界的理解。

# 友誼

## On Friendship

接著，一名年輕人說，告訴我們關於友誼吧。

他答道：

你的朋友是你獲得回應的需求。

他是你的田野，你在此播種了愛，並心懷感恩的收割。

他是你的食糧與暖爐。

因為你帶著飢餓前去找他，為求得安寧而尋覓他。

當你的朋友說出心聲，不要害怕內在浮現否定的聲音，也不要壓抑想要附和的念頭。

即使他沉默不語，你也不要停止傾聽他的心；

因為即便沒有言語，在友誼中，所有思想、欲望與期待都將誕生且彼此共享，箇中的喜悅並非任何人所獨有。

與朋友分別時不要悲傷，
因為你最愛他的部分，在他離開時可能格外地清晰，
就像登山者站在平地，能更清楚地望見山脈。
讓友誼沒有目的，
唯一的目的，只為了使彼此的心靈更加深刻。
因為，除了揭露自身的秘密，愛若追求任何東西，那便不是愛；而是一張撒下的網，只能獲取無益之物。
為朋友保留最好的自己吧。
如果他必須經歷你生命潮水退去之時，
也請讓他見證到滿潮之時。
若你去找他只為了消磨時間，這是什麼友誼？
所以，在你想要好好度日時，再去找他吧。
因為朋友是要填滿你的需求，而不是彌補你空虛之所在。
在甜美的友誼中，要有笑語，也要共享歡快。
因為正是在這種露珠般的小事裡，心找到了早晨，重獲生機。

# 說話
## On Talking

接著，一位學者說，談談說話吧。

他答道：
當你無法與自己的思想和平共處，你便說話。
當你不再安居於內心的孤獨，你便住在唇邊。
聲音除了轉移注意力，也是一種消遣。
你說話的時候，思想通常奄奄一息，
因為思想是需要空間的鳥兒，
在話語的牢籠裡或許能張開翅膀，卻不能飛。

你們之中有些人因為害怕孤獨，總是喋喋不休。
孤獨的靜默之聲向他們揭示赤裸的自己，他們想要逃離。

也有些人說話時，在不知情也沒有預見之下，揭開連自己都不理解的真理。
還有些人內在蘊藏著真理，卻不是以話語說出。
正是在這些人的心中住著聖靈，靜默無聲而充滿了韻味。

不論在路邊或市場，
當你遇見朋友，讓心靈啟動雙唇、指揮舌頭吧。
讓話語中真正的聲音，朝著對方準備傾聽的耳朵；
因為他的靈魂將收藏你的真理，
正如葡萄酒的味道被人記憶，
即使色澤已經遺忘，酒器也不復存在。

# 時間
## On Time

一位天文學家說，賢者，關於時間呢？

他答道：

你想測量那沒有刻度、也無法衡量的時間。
你會依據時分與季節調整行為，甚至左右心靈的走向。
你想像時間是河，端坐岸邊看時光奔流。
然而，你內在的永恆意識到生命並無時間，
也知道昨日不過是今日的回憶，而明日也只是今日的夢境。

而你內在那歌唱和冥思的，
仍存於最初星子撒入宇宙那一刻的無邊無際之中。
你們當中有誰不覺得自己的愛毫無止境？

又有誰感覺不到，那份愛雖無止境，卻蘊含在自我的核心？
它並不隨著愛的意念移轉，也不附著於愛的行為。
時間不也如同愛？無可分割，也沒有快慢之分。

然而，若你思考時必須以季節衡量時間，
那麼，讓每個季節同時環抱所有的季節吧，
並且讓今日以回憶懷抱過去，以渴望擁抱未來。

# 善與惡

On Good and Evil

接著，城市裡的一名老人說，告訴我們關於善與惡吧。

他答道：

我可以談論你們之中的善，卻不能談論惡。
因為惡是什麼？難道不是飽受自身飢渴而受盡折磨的善嗎？
當善感到飢餓，它不惜在黑暗的洞穴覓食；
當它口渴，甚至喝下了死水。
當你與自己合而為一，你是善的。
然而，當你不與自己相合，你也並非邪惡。
正如一間屋子雖然分裂，也不構成盜賊的巢穴，
就只是一個分裂的屋子。
船隻若失去了舵，可能漫無目的漂流在凶險的島嶼間，

卻不會因此沉沒。

當你盡力付出自己，便是善的。

然而，當你為自身求取利益，也並非是惡。

因為當你追求利益，你只是成為樹根，緊抓著大地，吸吮她的胸脯。

果實當然無法對樹根說：「成為我吧，成熟飽滿，不斷給出自己的豐盛。」

因為對於果實而言，它的需求是給予，

正如樹根的需求是收受。

當你對自己的話語有了全然的醒悟，你是善的。

然而，當你沉睡時，舌頭毫無意識的歪斜，也並非邪惡。

即使是支支吾吾的話語，也能使得軟弱的舌頭變得堅強。

若你走向目標時堅決而肯定，跨出無畏的步伐，你是善的。

然而，你若跛足行至目標，也並非邪惡。
即便跛行之人，也不是倒退。

但是，你們之中那些強壯而敏捷的人啊，
萬萬不要在跛足者的面前遲緩而行，自以為仁慈。
你的善良有無數種形式，即使在你不善之時，也並非邪惡，
只是在遊蕩怠惰。

可惜雄鹿無法教導烏龜迅捷之道。
你的良善就在你想成為高貴自我的渴望裡，
而這份渴望，存在你們所有人之中。
然而，在有些人當中，這份渴望是一道洪流，
飽含著力量奔向海洋，帶著山坡的秘密與森林的歌曲。
在有些人當中，這份渴望則是平淺的小溪，
在轉折與彎曲處丟失了自我，並在抵達海岸前流連徘徊。

但是渴望豐沛之人啊，請不要問那渴望輕淺之人：
「為何你如此遲滯緩慢？」
因為真正的良善者，同樣不會去問赤裸之人：
「你的衣服在哪裡？」
或者去問無家之人：
「你的屋子怎麼了？」

# 祈禱

## On Prayer

接著，一位女祭司說，告訴我們關於禱告吧。

他答道：

你在憂愁與需要時禱告。
但願你也在充滿喜悅與豐盛富足的日子裡禱告。
禱告難道不是你的延伸，將你擴展至充滿了生命的蒼穹？
若你將自身的黑暗倒入宇宙，是為了感到舒適，
那麼同樣的，你也要為了喜樂而傾倒心中的曉悟。
如果當靈魂召喚你禱告時，你只能哭泣，
那麼她將一遍又一遍地敦促你，直到你帶著笑容前來。
禱告時，你飛昇至空中，與其他同時禱告的人們相遇。
若非禱告，你將不會遇見這些人。

因此，當你前去那座無形的神殿，你的造訪應當只為那份狂喜與甜美的交融，再無其他目的。
當你進入神殿，如果你唯一的目的只為祈求，你將毫無所獲；
若你前去，只為自我貶低，你將不會得到提升；
或者，當你前去是為了他人利益而乞求，你也將不被聽見。
你只需要踏入無形的神殿，便已足夠。

我無法教你如何以文字禱告。
上帝聽的不是文字，除非那些話語是祂透過你的雙唇所出。
我也無法教導你海洋、森林或山脈的禱詞。
然而，那些誕生在山中、林間與海邊的人啊，
你們可以在心中找到這些禱詞。
只要在闃靜的夜裡諦聽，便會聽到它們在靜默中說：
「我們的神啊，祢便是生有雙翼的我們。

是祢的意志在我們之中發願。
是祢的渴望在我們之中渴望。
是祢的懇切將我們的夜晚——那些屬於祢的夜晚，
變成同屬於祢的白晝。
我們無法向祢祈求任何東西，
因為早在這些需求出現在我們內心之前，祢便已經知曉。
祢就是我們的所需。
當祢為了我們給出更多的自己，便是給予了我們一切。」

# 享樂
## On Pleasure

接著，每年只造訪城市一回的隱士走上前說，告訴我們關於享樂吧。

他答道：
享樂是一首自由之歌，
卻並非自由。
它是你欲望開出的花，
卻不是欲望結下的果。
它是深淵向高地的呼喊，
卻並非深淵，亦非高峰。
它是籠中鳥的振翅，
卻不是個受到圈限的空間。

是啊，享樂確是一首自由之歌。

我多麼希望你全心全意唱出這首歌，卻不願你在歌唱之中失去本心。

你們之中有些年輕人追求享樂，彷彿享樂就是一切，因此受到評判與指責。

我不會對這些人評判或指責，而會由得他們去追尋。

因為他們將獲得的，不只是享樂本身。

享樂位列七姊妹之中，卻連那最微不足道的妹妹，都比她更加美麗。

你難道不曾聽說，

有人為了挖樹根而掘土，最終卻找到了寶藏？

你們之中有些年長者回憶起過去的享樂，心懷懊悔，

彷彿享樂是酒醉時犯下的錯。

但是，懊悔是對心智的遮蔽，而非申誡。
這些人回顧享樂時應該懷抱著感恩，像是想起了夏季的收割。
但若懊悔能帶來撫慰，那便讓他們獲得撫慰吧。

你們之中還有些並非追逐享樂的年輕人，
也不是回憶享樂的老人，
而是因為害怕追求與回憶而避開所有的享樂，
唯恐自己忽略或冒犯了心靈。
然而，在棄絕之中，他們也找到了自己的享樂。
他們因此也在挖掘樹根時，以顫抖的雙手覓得了寶藏。

但請告訴我，有誰能夠冒犯心靈？
難道夜鶯會冒犯夜的寂靜，螢火蟲會冒犯星光？
難道火焰或煙霧會成為風的重擔嗎？
你以為心靈是一座靜水，竟能一棒就攪亂？

你在節制享樂時，往往只是將欲望藏進了隱蔽處。
誰知道，那些今日看似排除的，其實正等待著明日？
即使是你的身體，也明白與生俱來的特性與有權享受的需求，
不會受到欺瞞。
因為身體是靈魂的豎琴，要帶來動聽的樂音或混亂的雜音，
都由你決定。

此刻，你在心中問道：
「我們該如何區辨享樂之中的善與不善？」
走入田野與花園吧！
你將發現，
蜜蜂之樂是採集花蜜，而花朵之樂卻是產蜜給蜂兒。
對蜂而言，花是生命泉源，
對花來說，蜂是愛的使者。

對於蜜蜂與花朵雙方，
享樂的施與受，便是他們的需求與欣喜。
奧菲利斯的人們啊，
在你享樂時，成為花朵與蜜蜂吧。

# 美
## On Beauty

接著，一名詩人說，告訴我們關於美吧。

他答道：

除非美的本身便是你的道路與嚮導，否則你將往何處尋求？

又如何能找到？

除非讓美來編織你的話語，否則你將如何談論她？

委屈與受害之人說：

「美是恩慈與溫柔。像個年輕的母親，對於自己的光榮事蹟半羞半怯，埋首在我們之間。」

滿腔熱情之人說：

「不，美是力量與憂懼的存在。

彷彿暴風雨，搖撼腳下的大地與頭頂的天空。」
睏倦疲憊之人說：
「美是輕柔低語，在我們的心靈中吐訴。
她的聲音順服於我們的沉默，像微弱的火光因害怕陰影而顫抖。」
然而，坐立難安的人說：
「我們聽見她在山間高喊。
隨她喊聲前來的，是獸蹄之響、振翅之聲與獅群之吼。」
夜裡，城市巡守人說：
「美將隨著東方晨曦升起。」
正午，辛勞者與旅人說：
「我們看見她從夕照之窗傾身俯向大地。」
冬季，被大雪圍困之人說：
「她將隨著躍上山丘的春天而到來。」

夏季燠熱中，收割者說：
「我們看見她與秋葉共舞，也見到她髮際飄飛的雪。」

你們曾以這一切來形容美，
然而，你們所談論的並不真的是美，
而是那些你們未能滿足的需求。
美並非需求，而是欣喜。
不是乾渴的口唇，也不是向前索求的空空手掌，
而是一顆熾烈的心與一縷陶醉的靈魂。
不是你眼前的畫面，亦非耳畔的歌曲，
而是那幅閉上眼也能看見的畫面，那首掩住耳也能聽見的歌。
不是充滿皺褶的樹皮內含藏的汁液，亦非附於利爪上的羽翼，
而是一座始終綻放的花園，一群永恆翱翔的天使。

奧菲利斯的人們啊，

美是生命，
是生命揭開自身神聖容顏上的面紗。
而你們是生命，也是面紗。
美是凝視著鏡中自我的永恆，
而你是永恆，亦是鏡子。

# 宗教
## On Religion

接著，一位男祭司說，告訴我們關於宗教吧。

他說：

我今日所說的，難道還有別的嗎？

宗教不就是一切行為與思索？

其中那些不是行為、亦非思索的，不正是靈魂深處源源不絕的奧妙與驚奇？

即使當雙手勤於採石，忙碌編織，也不曾止息。

誰能將行為與信仰分割，或將工作與信念區隔？

又有誰能將自己的時間攤展眼前，說：

「這塊給神，這塊留給我自己；

這一塊為了我的靈魂，那一塊則為了身體？」

你的分分秒秒都是羽翼，拍響不同的時空，經歷不同的自我。

至於那些將道德穿戴為盛裝華服之人，還不如全身赤裸，
風兒與陽光不會撕扯他的皮膚。
而那些以倫理規範定義自身行為的人，
是將自己歌唱的鳥兒囚在籠中。
最自由的歌聲，並不來自牢獄或鐵網。
那些將敬拜視為窗扉、啟閉自如之人，
一定尚未涉足自己靈魂的屋宇，
因為那間屋子的窗，正日復一日迎接拂曉。

日常生活便是你的神殿與宗教。
無論何時，當你走入每一天，請帶著你的所有。
帶著田犁、鐵爐、木錘與詩琴，
那些你為了需求與樂趣所製造的物件，

因為即便在夢裡，
你也無法超越自己成就的高度，或陷入低於自己失敗的深淵。
此外，帶著全人類與你同往吧。
因為在敬拜時，
你無法飛越人類的希望，也無法低於全體的絕望。

若你理解上帝，便不會讓自己成為解謎者。
相反的，環顧四周吧，你將看見祂正與你的孩子玩耍。
望向宇宙深處，你將看見祂行走雲端，
在閃電中伸出雙臂，在雨中降臨。
你將看見祂在花中微笑，在林間舉起手來向你揮舞。

# 死亡
## On Death

然後，阿米特拉開口說：現在，我們想問問關於死亡。

他說：

你想知曉死亡的秘密。
然而，除非進入生命之心尋覓，否則你將如何找到？
鴞鳥的雙眼被暗夜束縛，對白晝視而不見，
無法揭下神祕的光之面紗。
若你真想看見死亡的靈魂，
請敞開你的心，讓它對生命的本體敞開吧。
因為生死一體，正如河海同源。

你的盼望與欲求的深處，是你在靜默中對來世的理解。

就像深埋雪地的種籽在作夢，你的心也夢想著春天。
相信那些夢，因為夢境裡藏著通往永恆的大門。
你對死亡的恐懼，只是牧羊人站在國王跟前時的顫抖，
而國王對他伸出的手，其實只為了給予表彰。
牧羊人的顫抖之下，難道沒有喜悅？難道他不會配戴國王的勳章？
然而，他不是也更留心自己的顫抖？

何謂死亡，不就是赤身露體站在風中，消融於陽光？
何謂停止呼吸，不就是使氣息自由，不再無休無止地起伏，
而能升騰延展，毫無阻礙地追尋上帝？
唯有當你啜飲沉默之流，你才真正歌唱。
唯有當你抵達山巔，你才開始攀登。
唯有當大地收去你的四肢，你才真正手舞足蹈。

# 告別
## The Farewell

此時已經日暮。

先見者阿米特拉說，
今日，此地，以及你那說話的靈魂，都有神賜福。
他道，說話的是我嗎？
我不也是一名聽眾？
然後，他走下神殿的階梯，所有人都跟隨著他。
他抵達船邊，站上甲板。
他再次面對人們，揚起聲音說：
奧菲利斯的人們啊，風正呼喚我離開你們。
我雖不似風般匆促，卻必須離去。
我們是漫遊者，永遠追尋著更孤獨的道路，

不待一天終結，才開啟新的一日，
也不等夕陽告別，才與日出相遇。
即便大地熟睡，我們也在行旅途中。
我們是頑強植物的種籽，
當我們的心成熟圓滿，便交由風散播四方。

我在你們之間的日子短暫，
我說的話語則更加簡短。
但若有一天，我的聲音在你們耳中淡去，
我的愛在你們記憶裡消失，
那時我將重返。
那時我將以更富饒的心，
以及更滋養心靈的雙唇說話。
是的，我將隨著潮汐回來。
儘管死亡可能掩蓋我的存在，

更巨大的沉默會將我包裹，
我也將再次尋求你們的理解。
而我的尋求不會是徒勞。
若我所言存在著任何一絲真理，
那份真理將以更清晰的嗓音，更親近你思想的文字，
來揭示自身。

奧菲利斯的人們啊，
我將隨風而去，卻不是沒入空無。
若今日無法圓滿你們的需求與我的愛，
便讓這份誓言留待未來的另一個日子吧。
人的需求會變，愛卻不會，
但願以愛滿足需求的渴望也不會變。
因此，記得，我將自更巨大的靜默中返回。
拂曉散去的晨霧在田野間只留下了露珠，
卻將上升匯聚成雲，降落成雨。
我與晨霧並無二致。
我曾在暗夜寂靜中行走於你們的街道，
我的心靈曾進入你們的屋子，
而你們的心跳亦在我的心中，你們的呼吸拂過我的面頰，
我認識你們每一個人。
是啊，我知道你們的苦與樂。

當你們入眠，你們的夢境便是我的夢想。
我時常在你們之間，就像湖泊座落於山中，映照出你們內在的山峰與曲折的斜坡，甚至你們來去如獸的思想與欲望。
迎接我沉默的，是你們孩童的笑聲，流淌為溪，
以及你們青年的渴望，傾倒成河。
溪水與河流抵達我的深處，卻未停止歌唱。
然而，還有比笑聲更甜美，比渴望更強大的東西來到了我的面前，
那就是你們內在無窮無際的存在。

在這位廣闊之人之內，你只是細胞與筋肉；
在他的吟詠中，你的歌聲也只是無聲的悸動。
正是在他之中，你才廣闊無邊，
而我因為看見他而看見你，並且愛你。
因為愛能夠跨越的距離，不都在這廣闊的疆域內？
什麼樣的視野、期待與臆測，可以超越他飛行的高度？

你內在的廣闊之人，就像覆滿蘋果花的巨大橡樹，
他的力量使你連結土地，他的芬芳使你飛揚太空，
在他的永世不衰中，你將不死。

有人告訴你，你就如同鎖鏈，最脆弱的環節決定了你有多麼脆弱。
但這只是一半的真相。
你最強壯的環節，也決定了你有多麼強壯。
以你最渺小的作為來衡量你，就像透過海上虛無的泡沫來揣度海洋的力量。
以你的失敗來評斷你，就像責怪季節為何流轉無常。
是啊，你就像一座海洋，
雖然嚴重擱淺的船隻在你岸邊等候浪潮，
然而，正如海洋，你也無法催促潮水起落。

正如季節，
你雖在冬日否認春天，
然而春天啊，她在你之內歇息，睏倦的微笑，不受冒犯。
別以為我說這些是為了讓你們互相稱道：
「他對我們大為讚賞，在我們身上只看見良善。」
我只是以話語向你們述說那些你們思維中早已明瞭的事。
而話語所傳遞的知識，難道不是無語之知的影子？
你們的思維與我的話語，都是從封存的記憶中掀起的浪頭，
記錄著我們的昨日，記錄遠古的日子。
那時大地不識我們，也不識她自己。
也記錄那些大地曾被混亂翻攪的夜晚。

智者曾經來過，傳授他們的智慧。
我來，則是汲取你們的智慧：
看哪！我找到比智慧更加偉大的東西，

就是你內在那個不斷積聚能量的炙熱心靈。
而你，不曾覺察心靈的擴展，反而悲泣歲月的凋萎。
生命追尋著自己，卻困在害怕墳墓的肉體之中。

而這裡沒有墳墓。
這些山脈與平原，是搖籃也是踏腳石。
每當你們走經安葬祖先的原野，細細地看吧，
你們將看見自己正與自己的孩子牽著手跳舞。
確實，你們常在不自覺間歡快作樂。
其他人也曾前來，以金黃色的諾言，承諾將奉行你們的信仰，
而你們為此所餽贈他們的，不過是財富、權力與榮耀。

我所給予的雖不及一個承諾，你們卻對我更加慷慨。
你們給了我對生命更深刻的渴望。
毫無疑問，對一個人來說，若能讓他的一切目標都化作乾渴的

唇，讓他整個生命都化為湧泉，再沒有更好的禮物了。
在此之中，便是我的榮耀與回報——
每當我來到泉邊飲水，我發現那股活水本身便是渴的，
我喝下它的時候，它也正喝下我。

你們有些人認為我不收贈禮，是因為驕傲又過於害羞。
我確實驕傲得不收受酬勞，卻不拒絕恩賜。
雖然在你們邀我上桌共餐時，我在山間採拾莓果，
也在你們樂意提供我居所時，在神殿的柱廊睡去。
然而，難道不是你們以愛關懷我的日與夜，才使食物在我口中
甜蜜可口，使我的夢境縈繞美景？
為此，我對你們有最深的祝福：
你們付出許多，卻不覺得正在給予。
確實，善意若攬鏡自賞，就會化作石頭，
而善舉若以美名自稱，也將誕下詛咒。

你們之中有些人說我冷漠，沉醉在自己的孤寂之中，
你們曾說：
「他與林中樹木商議，卻不找人談論。
他獨坐山頂，俯瞰我們的城市。」
確實，我曾爬上山丘，走在偏遠荒地。
然而，若不是從高地或遠處，我如何能看見你們？
若非身在遠方，一個人要如何真正親近？

你們之中還有人呼喚我，卻不是透過話語，他們說：
「陌生人啊，陌生人，你愛那無可企及的高度，
為何你要住在老鷹築巢的山巔？
為何要追尋無法達成的目標？
你想以自己的網捉捕何種風暴？
又想獵捕空中哪些飄忽的雀鳥？
來成為我們的一份子吧。

走下山來，
以我們的麵包止息你的飢餓，以我們的葡萄酒緩解你的口渴。」
他們在靈魂的孤獨中如此說道。
但是，如果他們的孤獨更加深刻，
就會知道我所尋覓的，只有你們苦與樂的秘密，
而我所獵捕的，只有你們那漫步空中、更廣闊的自我。

然而，獵者也是獵物；
我的許多箭矢在飛離弓弩時，只朝向自己的心房。
而飛行者亦是匍匐者；
因為我在陽光下舒展羽翼，翅膀投在大地的陰影卻有如烏龜。
而我這位虔信者，亦是懷疑者。
我時常以手指撫摸傷口，使我能對你們有更深的信任，與更深的認識。

正因這份信任與認識，我說，
你們並沒有被自己的身軀圍困，也不受房屋或田地的侷限。
真正的你們居於山間，與風同遊。
不會為了求取溫暖而爬向陽光，
也不會為了求取安全而挖掘暗穴，
而是一種自由的存在，一個圈擁大地，並在天際移動的靈魂。
即使這些話語含糊不清，也不要試圖釐清。
模糊與朦朧是萬物之始，卻非萬物之終，
而我但願你們記得我是個開端。
生命與一切活著之物，都在迷霧中誕生，而非在結晶中成形。
而誰又知道，所謂結晶，其實不過是霧的衰退。

願你們在憶起我時，記得：
你們之中看起來最虛弱無助的，其實最為強壯果敢。

不正是你們的氣息，支撐並強化了你們的骨架？
不正是你們那不復記憶的夢，才構築了城市，
並創造了其中的萬物？

你若能看見那氣息的起伏，將不再看見其他，
若能聽見那場夢的呢喃，將不再聽見其他聲響。
但是你看不見，也聽不到，那也很好。
遮蔽你們雙眼的面紗，將由織就面紗的手將其摘下，
堵塞你們耳朵的黏土，將由揉製黏土的指尖戳破。
屆時，你將看見，也將聽見。
然而，你不會哀嘆自己曾經盲目，也不後悔失聰。
因為到了那一日，你們將明白一切之中暗藏的目的，
你將讚美黑暗，一如你頌揚光明。

說完，他環顧四周，看見自己船隻的領航員站在舵輪旁，一邊

凝視漲滿的船帆，一邊望向遠方。

然後他說：
真有耐性，耐心十足啊，我的船長。
風吹著，船帆已迫不及待；
連船舵都在懇求指引；
然而，我的船長卻靜候我的沉默。
而我的這些船員，他們曾聽過更浩瀚的海洋的合聲，他們也以耐心傾聽我。
現在，他們將不再等待。
我已經準備好。
溪流已到達海洋，偉大的母親再次將自己的兒子擁入胸懷。
別了，奧菲利斯的人們。
這一日已然告終。

夜幕漸漸籠罩我們，正如睡蓮收攏自身，靠近明日。
我們將保留此地所給予我們的，
如果不夠，
那麼我們必須再次相聚，一同向施予者伸出手來。

切莫忘記，我將回到你們身邊。
再一會兒，我的渴望將匯聚塵土與水沫，造就另一個身體。
再一會兒，在風上歇息片刻，將有另一個女人孕育生下我。
向你們，以及我曾與你們共度的青春道別。

不過昨日，我們在夢中相遇。
你們在我的孤獨中對我歌唱，
而我在天空中建起一座你們的渴望之塔。
但是現在，我們的睡眠已經溜走，
夢境結束，此刻已不再是黎明。

正午的潮水來臨，我們的半夢半醒已轉為更充實的一天，我們必須分別了。

如果在記憶的暮光中，我們竟再次相遇，

那時我們將再次談論，你們將為我唱起更深刻的歌曲。

若我們的手竟在另一場夢中相會，我們將在空中搭建另一座塔。

一邊說著，他向水手示意。

他們立刻起錨，使船隻鬆脫停泊之處，就此向東航行。

人群發出一聲哭喊，彷彿出自同一顆心。

聲音穿入黃昏，像高鳴的喇叭，越過海洋。

只有阿米特拉靜默無聲，凝視船隻，直到它消失在霧中。

當所有人都散去，她仍獨自站在海堤，心中憶起他說：

「再過一會兒，在風上歇息片刻，將有另一個女人孕育生下我。」

# 【輯二】先知的花園

〈露珠〉

露珠所映的朝陽不會比太陽黯淡；
你靈魂映照的生命也不遜於生命本身。
露珠反射日光，
因它與光並無分別；
你映照生命，
也因你與生命實為一體。

〈石頭與星星〉

你與石塊唯一的差別只有心跳；
石頭或許跳動著另一種節奏。
你若探測靈魂之深，衡量宇宙之高，
會聽見它們響起同一種旋律。
在那旋律之中，石頭與星子齊聲歌唱，完美交融。

〈上帝〉

我請你們不要如此輕易地提及神，祂是你們的一切所有。
相反的，聊聊彼此，認識彼此吧。
你們互為鄰居，也互為對方的神。
只有當迷失在自我中渺小的那個部分，
才會尋求你們稱之為神的天空。
但願你們尋得那條通往自我寬闊之處的路徑。
我希望你們知道，我們是神的氣息與芬芳。
我們就是神，在樹葉花朵，或者，更常在果實之中。

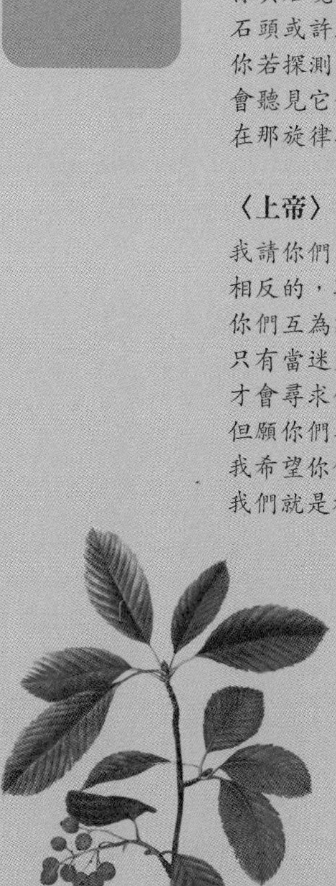

# 歸來
Home-coming

阿穆斯塔法，那天選而備受鍾愛之人，正值其時代的正午。他在提斯利月，即記憶之月，回到他的出生之島。

當船隻抵達港口，他坐在船首，身邊圍繞著水手，心中盛著返鄉之情。

然後他開口，聲音裡有海洋。他說：「看哪，我們出生的這座島。正是在此，大地將我們吞吐而出，是歌謠，也是謎團，向天空歌唱，對土地發問。而在土地與天空之間，除了我們的情感，又有什麼能夠傳遞歌聲，能夠解開謎團？

「海洋再次將我們送向海岸，我們不過是她波濤中的一朵浪花。她推送我們前進，為了拍響她的話語。然而，除非我們將自己勻稱的心在礁石與沙灘上拍成碎片，否則，我們怎能做到？

「只因這是水手與海洋的律則：若欲自由，你必須化身雲霧。

無形之物永遠在幻化成形，正如同無盡的星雲將化為恆星與衛星；我們這些求索良多之人，如今回到出生之島，卻已僵固成模，必須再次化身雲霧，學習初始。任何人與物，除非破碎為情感與自由，否則要如何活出高度，飛向高處？

「我們將永遠尋覓海岸，它讓我們能夠歌唱並獲得聆聽。但是那道破碎卻不被聽見的海浪該如何呢？正是我們內在那不被聽見的東西，滋養了我們更深沉的悲傷。也正是那不被聽見的東西，刻鑿我們的靈魂，形塑我們的命運。」

然後，他的一位水手走上前，說：

「賢者啊，你是我們的船長，引領我們對這座港灣的渴望。你瞧，我們因此前來。然而你卻談論悲傷，以及將要破碎的心。」

他答道：「我所談論的，難道不是自由，以及我們更寬廣的自由之霧嗎？只是如此跋涉遠行回歸到出生之島，我需承受著苦痛，如同那被殺害之人的鬼魂，行至兇手面前雙膝下跪。」

另一名水手說：「看哪，那些海堤上的群眾。他們雖然靜默著，卻預知你回返的日月與時分。他們離開田野與葡萄園，聚集在此，滿懷愛人的需求，等候著你。」

阿穆斯塔法望向遠方的群眾，心靈感覺到他們的渴盼。

他沉默不語。

然後，人群發出喊聲，那是記憶與懇求的呼聲。

他看著他的水手，說：「我能為他們帶來什麼？我曾是遙遠土地上的獵人，為了目標傾注全力，射盡了他們給我的金色箭矢，卻沒有帶回獵物。我跟隨的並非箭矢，或許那些箭此刻正在陽光下，隨著負傷卻不願落地的老鷹，與其翅翼一同舒展。也許，箭頭已經落入那些為求溫飽而需要箭矢的人手中。

「我不知道這些箭曾飛翔何處，但我知道它們曾在空中劃開軌跡。即使如此，愛的手仍撫摸著我。而你們，我的水手啊，仍在我的幻夢中航行，我不會閉口不言。當季節的手覆上我的喉頭，我將高聲呼喊；當我的雙唇有火焰燃燒，我將唱出我的話語。」

他的話使他們的內心憂慮不安。

於是，一人說：「賢者，教導我們吧。因為你的血液流淌在我們的血管，而我們的呼吸包容著你的氣息，或許這樣我們就能了解。」

他回答，聲音裡有風。他說：「你們帶我回到出生之島，是來為人師表的嗎？我卻尚未進入智慧的籠中。我太年輕，青澀未熟，我所談論的一切只是關於自己，關於永遠向深處呼喚的深淵。

「讓那些追求智慧之人，從野地黃花或一撮紅土中找到智慧吧。我仍然是一名歌者，我將歌頌大地，歌頌你們丟失的夢想，它們行走在睡眠與睡眠之間的白晝。然而，我也將凝望海洋。」

此刻，船隻駛入海港，靠上海堤，他回到出生之島，再次佇立在親族之間。一聲高呼從人群心中升起，搖撼了他體內回返家鄉的寂寞。

人們靜默等待他的話語，他卻沒有答覆，籠罩在回憶的悲傷裡。他在心中道：「我是否說過，我將歌唱？不，我能做的只有張開雙唇，讓生命的聲音因為喜悅與鼓舞而湧現，灑入風中。」

接著，卡麗瑪開口，他們童年時曾一同在母親的花園裡遊戲。她說：「十二年了，你不在我們面前露臉。十二年來，我們熱切渴盼你的聲音。」

他以無盡的溫柔端詳她。正是她，當死亡的白色羽翼擁抱他的母親，她曾為母親闔上雙眼。

他答道：「十二年嗎？卡麗瑪，你方才說十二年嗎？我不以星辰衡量渴望有多長，也不據此探測渴望有多深。因為當愛在思鄉，它窮盡時光的刻度與測錘。

「有些時刻承載著永世的離別，然而，離別不過是當你的心被耗盡。也許，我們從未離別。」

阿穆斯塔法看著人群，他看見他們每一個人，不論年輕或老邁，健壯或瘦弱，還有那些歷經風雨日曬而紅潤的臉孔，以及蒼白的容顏。他們的臉上閃著渴望與探問的光。

其中一人說：「賢者，生命以苦澀回應我們的希望與欲望。我們的心深受困擾，無法理解。懇求你，撫慰我們吧，啟發我們關於這些悲苦的意義。」

他的心因為同情而動搖，他說：生命先於一切萬物，就像美，早在美的事物降生之前，便已擁有了翅膀，而真理亦在吐露之前便是真理。

「生命在我們沉默時始終歌唱，也在我們沉睡時持續夢想。即使我們受到打擊，潰不成軍，生命仍然安踞寶座，高高在上。我們哭泣時，生命對著日月展顏，即便我們拖著沉重鎖鏈，生命仍舊自由無拘。

「很多時候，我們稱生命是苦痛，但那只在內心憤懣絕望時。我們也認為生命空洞無益，但那只在靈魂迷途荒徑，心神過度自溺之時。

「生命高深遼遠，即便你們寬闊的視野，也只能瞥見她的雙足。同時她又如此親近，儘管只有你們的絲微氣息會傳到她的心間，只有你們的幻影之影會籠上她的面龐，也只有你們最微弱呼喊的回聲會盪至她的胸脯，化為春日與秋時。

「生命隱密難解，正如你們內在更偉大的自己藏身於面紗之後。然而，當生命發話，所有風聲都成話語。當她再次開口，你們唇邊的微笑與眼中的淚水盡皆化作語言。當她歌唱，失聰者也能聽見，得其接應；當她走來，失明者也能看見，又驚又喜，在愕然嘆息間跟隨她的腳步。」

接著，他不再說話，讓寬闊的靜默圈擁人群。沉默之中響起一首聽不見的歌曲，撫慰了人們的寂寞與苦痛。

# 花園
## The Garden

他逕自離開人群，循著那條通往花園的路。

那是他父親與母親的花園，他們與他們的先人在此長眠。

有些人見他返鄉，卻因為不再有親人能以家鄉習俗為他接風而孤身一人，他們原想跟隨他。但他的船長建議：

「讓他走自己的路吧！他咀嚼的是孤獨的食糧，他的杯中是回憶的酒，但願獨自啜飲。」

他的水手停下腳步，他們知道船長所言確實。

所有聚集在海堤上的人們，也收住了渴望的步伐。

只有卡麗瑪跟在他身後，隔著一段距離，內心翻攪著孤獨與回憶。

她一語不發，轉身回到自己的屋子，在花園的扁桃樹下落淚。

儘管她也不明白為什麼。

# 國家
## The Nation

阿穆斯塔法來到他父親與母親的花園。進去之後，關上大門，確保不再有人進來。

在那座屋子與花園中，他獨居了四十個日與夜，無人前來，甚至沒有人出現在門外。

因為大門緊閉，而且人們知道，他希望獨處。

當四十個白晝與四十個夜晚告終，阿穆斯塔法敞開大門，讓人們進入。

前來九名男子，要與他一起待在花園。其中三位是他船上的水手，三位曾在神殿中服侍，還有三位是他童年的玩伴。這九個人是他的追隨者。

一日早晨，追隨者坐在他身邊，他的眼中是遠方與回憶。名喚哈菲茲的追隨者向他說：

「賢者啊，告訴我們關於奧菲里斯這座城市吧，關於你曾逗留十二個年頭的那塊土地。」

阿穆斯塔法沉默不語，只是望向山丘與廣袤的蒼穹，內心在沉默中交戰。

接著他說：

「我的朋友與同行者啊，

「可憐那國度，滿是信條，卻無信仰。

「可憐那國度，穿戴的衣裳並非自己織造，享用的麵包不是自己的收穫，飲用的酒液也不是湧自他們的酒醡。

「可憐那國度，稱頌惡霸為英雄，以為輝煌的征服者是豐盛。

「可憐那國度，在夢中摒棄情感，卻在清醒時為之臣服。

「可憐那國度，從未高聲發話，除非行將就葬；從不自豪自傲，除非已成廢墟；不會起身反抗，除非脖子已經架在刀劍與斷頭台間。

「可憐那國度，政治人物是狐狸，哲學家是騙徒，而藝術也只是拼湊模仿的技藝。

「可憐那國度，奏樂迎接新的統治者，再呼喝斥罵將之驅逐，最終也只是再次奏樂迎來下一位統治者。

「可憐那國度，智者因歲月而喑啞，強者卻仍在搖籃之中。

「可憐那國度，分崩離析，崩裂的每一塊都自視為國。」

# 夢想與思緒
## Dreams and Thoughts

其中一人說：「告訴我們此刻仍在你心上搏動不息的思緒吧。」

阿穆斯塔法看著對方，回答時嗓音裡似有星辰的歌聲。他說：「你清醒時的夢境，是當你沉靜下來聆聽深處的自我。此時，你的思緒如雪花片片，飄落翻飛，以純白的寂靜覆蓋空間裡一切聲響。

「清醒時的夢境，難道不正是雲朵，萌芽綻放在你心間那棵擎空之樹上？而你的思緒，難道不是花瓣，由心頭清風遍撒心中的山丘與原野？

「正如你等候寧靜，讓心中無形之物漸漸成形，天邊的雲朵亦然，它們不斷聚散，直到神聖的手指將祂灰暗的盼望捏塑成小巧澄澈的太陽、月亮與星星。

然後，總是半信半疑的薩契斯開口說：

「但是春天終將來臨，我們夢境與思緒的片片雪花都將融化，不復存在。」

他答道：

「是啊，當春天到來，在沉眠的樹叢與果園找尋祂鍾愛的萬物，雪花確實會消融，化作溪流注入山谷間的河水，為長春花與月桂樹斟滿酒杯。

「而你心中的雪花，也會隨著你的春天降臨而融化。你的祕密將因此化為溪流，奔向山谷間的生命之河。河水將擁抱你的祕密，帶它流入汪洋。

「當春天來臨，一切都將消融，化為歌曲。即便星辰，那些緩慢落在廣闊原野的巨大雪片，也將融化為吟唱的溪流。當祂面孔上的朝陽升過寬廣的地平線，還有何種勻稱的冰晶不會化為流動的旋律？你們之中，又有誰不願成為長春花與月桂樹的斟酒人？

「不過是昨日，你才與湧動的海洋一同波動，那時你無岸無際，沒有自我。然後風，那生命的氣息，披著她臉上的光紗，將你織就；她的手將你聚攏，賦你形體，你遂昂首向高處追逐。然而，海洋依隨你後，她的歌聲與你同在。儘管你忘卻了出身，她卻永遠堅守母職，永遠呼喚你回到她的身邊。

「即便你漫遊至山林與沙漠，也總記得她沁涼的心如許深沉。儘管你經常不明白自己的渴望。事實上，你渴望的是她浩瀚往復的寧靜。

「還可能是什麼呢？在山丘的樹叢與林蔭，當雨滴在葉隙舞蹈，當雪片飛落，降下祝福與許諾；在山谷中，當你引領牲口至河畔；在你的田間，當銀溪般的流水匯聚出青翠衣衫；在你的花園，當晨露映照天堂的形狀；在你的牧地，當夜間薄霧使你的道路半遮半明。在這一切之中，海都與你同在，見證你的繼承，宣稱你對她的愛。

「是你內在的雪花，朝海洋奔赴而去。」

# 距離
## The Distance

那日早晨，當他們走入花園，出現在大門前的是一名女子。那是卡麗瑪，也是阿穆斯塔法還是個男孩時，就親如姊妹之人。她站在門外，沒有發問，也未舉手敲門，只帶著渴盼與悲傷凝望著花園。

阿穆斯塔法看見她眼簾上的渴望，快步來到牆邊與門口，為她開啟大門。她走進花園，受到歡迎。

她開口說：「為何你要決然離我們而去，讓我們無法活在你面容所散發的光亮裡？你瞧，這麼多年來，我們愛著你，企盼等待你平安歸來。而此刻，人們呼求你，願能與你相談。我是他們的使者，前來懇求，求你在人們面前現身，以你的智慧向他們說話，撫慰破碎的心，並指引我們的無知。」

他看著她，說：「別說我有智慧，除非你認為人人皆有智慧。

我是尚未成熟的果子，仍緊緊攫住樹枝。直至昨日，我都還只是樹上的花朵。

「也別說你們之中任何人無知，因為我們其實並非智慧，亦不無知。我們是生命之樹上青翠的樹葉，而生命本身超越了智慧，必然也超越了無知。

「難道我真的離你們遠去了嗎？你們難道不知，除非靈魂不再想要跨越，否則何來距離？一旦靈魂跨越了距離，便會化為它內在的節律。

「如果你與你的近鄰淡漠疏遠，你們相距的空間，其實比遠居在七片陸地與七座海洋之外的心愛之人，更加巨大。

「因為你若懷想，便無距離，唯有遺忘才會劃下裂口；即便你如何呼喚遙望，也無從銜接。

「在大洋的兩岸、在至高的山巔，有一條秘徑，你必須踏過，方能成為大地的孩子。

「而在你的知識與領悟之間，也有一條秘徑，你必須找到，才能與全人類合為一體，從而與自己合而為一。

「你用來施予的右手與收受的左手之間相距遙遠。唯有看見兩者皆是施，亦皆是受，才能使雙手再無距離。唯有認識到自己無物可施，也無物須受，才能消弭空間。

「誠然，最遠的距離，橫亙在你的夢境與清醒之間，也相隔在渺小的作為與巨大的渴望之間。

「還有另一條道路，你必須走過，才能與生命結合。只是此刻，見你已然厭倦行旅，我將不談論這條路。」

# 夜晚
## The Night

然後，他與卡麗瑪同行。除他之外，還有另九名男子跟隨其後，直到抵達市場。他對人們說話，其中有他的朋友與鄰人，他們因此心中充滿了喜悅，眼中也有歡喜。

他說：「你們在睡眠時成長，在做夢時活出更完滿的人生。你們在白晝間的每分每秒，都在向寂靜夜晚中所得的一切致答謝意。

「你們常想也常說，夜晚是休息的季節。然而，夜晚其實是尋覓與探訪的季節。

「白晝給予你們知識的力量，教導你們的手指精通接受的藝術。然而，是夜晚引導你們來到生命的寶屋。

「太陽教導一切生物，滋養對於光亮的渴望。然而，是夜晚捧起萬物，觸碰星辰。

「是寂靜之夜織就了新娘的面紗，覆上林中樹木與園中花朵，再由靜夜擺設盛宴，備好婚房。在那神聖的寂靜中，時間的子宮開始孕育明日。

「你也是如此，你也是在尋索之中才能覓得豐盛與滿足。儘管清晨醒轉時將抹去回憶，然而，夢的筵席永難收回，新婚之房亦將永遠等候。」

接著，他靜默半晌，眾人也安靜無語，等待他的話語。然後他再次開口，說：「你們雖以形體移動，卻是精靈；正如暗夜燃燒的燈油，雖置身燈座之中，實際上卻是火焰。

「若你們只是形體而別無他物，那麼即便我站在你們面前對你們說話，也是徒然，如同亡者對亡者的呼喊。然而並非如此。你們之中不死的一切自由行遍日日夜夜，無法收容或約束，因為那是至高無上者的意志。你們是祂的呼息，如同風，無從捉捕、更不受囚禁。而我，也是祂氣息的一部分。」

然後，他從人群之中快速離開，再次進入花園。

總是半信半疑的薩契斯開口，說：「關於醜陋呢，賢者？你從未談及醜陋。」

阿穆斯塔法回答時，話語如有鞭子般爽利，他說：「朋友啊，如果有人走經你的屋子，卻不願敲門，有誰會說是你待客不周呢？

「或者，有人以你全然不識的陌生語言向你發話，又有誰會認為是你充耳不聞或漫不經心呢？

「你認定的醜陋，不正是你未曾努力觸及者，或者是你從不願進入的心靈的主人？

「若真有醜陋，也不過是覆蓋你雙眼的障蔽，以及充塞你雙耳的汙垢。

「朋友啊，別說任何事物醜陋。唯一的醜陋，只是靈魂在自身回憶面前生出的恐懼。」

# 歲月
## The Years

這日，他們坐在白楊木斜長的樹影下。一人說：「賢者，我害怕時間。時間流經我們，奪去青春，卻還給我們什麼？」

他答道：「掬起一掌新鮮泥土吧，你可看見當中有種籽，甚至小蟲？若你的手掌足夠寬大，足夠耐性，種籽可能變成一座森林，小蟲可能化作一群飛舞的天使。別忘了，讓種籽變成森林，讓小蟲化身天使的漫長日月，都始自眼前的這一瞬。年年歲歲，不過此時此刻。

「而年年流轉的季節，難道不正是你變換的思緒？春是你胸中甦醒的獸，夏是當你意識到自己已然結實纍纍。而秋，難道不是你內在古老的聲音，正向你內心那名稚嫩的孩子，輕唱搖籃曲？至於冬，請告訴我，冬難道不就是睡眠，裹住其他季節的夢境，厚重而飽滿。」

接著，好問的追隨者馬努斯環顧四周，看見攀附在岩槭上的開花植物，說：「賢者啊，瞧那些寄生者。你會怎麼說他們？這些神色昏倦的竊賊，從堅毅的太陽之子身上偷走陽光，吸取枝葉中流動的漿液，綻放自己。

他答道：「朋友啊，我們都是寄生者。我們雖以勞動將土壤化為搏動的生機，卻從未高於那些不識土壤、直接獲取養分的存在。

「母親難道會告訴自己的孩子：你讓我疲憊不堪，我要將你歸還森林，她才是你更偉大的母親？

「歌者難道會拒斥自己的歌聲，告訴它：是你的聲響耗盡了我的氣息，你該回到當初迴聲盪起的洞穴？

「牧羊人難道會告訴自己足歲的牲口說：我沒有牧場能引領你們前去，所以，就此了結，化作祭品吧？

「不，朋友啊，所有這一切還沒被要求，就先得到了回應。正如你們的夢境，在入睡之前便已實現。

「我們循遠古不朽的法則相依而生，讓我們活在親愛仁慈中吧。寂寞時，我們尋求彼此；若無法一起坐在火爐邊，就啟程上路。

「朋友與兄弟啊，他人便是你更寬闊的道路。

「這些依樹而生的植物在甜美靜夜汲取大地的奶水，而大地，則在她安詳的夢中吸吮太陽的乳房。

「而太陽一如你我萬物，同享尊榮，坐在君王的盛宴上。祂的大門永遠敞開，桌筵永世豐盛。

「馬努斯啊，我的朋友，所有一切向來相依相生；所有一切存在信仰之中，無岸無涯，依傍著至高無上的祂。」

# 露珠

## The Dewdrop

那天早晨，曙光尚未染白天色，他們一起走在花園裡。望向東方，他們看見太陽冉冉升起，因而靜默。

過了一會兒，阿穆斯塔法指著太陽，說：

「露珠所映的朝陽不會比太陽黯淡；你靈魂中映照的生命也不遜於生命本身。

「露珠反射日光，是因它與光並無分別；你映照生命，也因你與生命實為一體。

「當你被黑暗籠罩，告訴自己：這陣黑暗只是尚未誕生的曙光。儘管夜的苦澀將我包裹，然而晨光終將降臨，落在我身，如同降落山丘。

「當百合上的露珠在黃昏收攏自己的圓潤，不就像你在上帝的心中擁抱自己的靈魂？

「露珠若說：千萬年間，我不過一度曾是露珠。

「請告訴它：你難道不知，千萬年的光華，此刻都閃耀在你的圓滿之中？」

# 孤獨
On Alone

那天晚上，暴風雨來訪，阿穆斯塔法與九位追隨者進入屋內，坐在火邊，寧靜無語。

然後，一名追隨者說：

「賢者啊，我孤身一人，時間的腳蹄重重踩踏上我的胸口。」

阿穆斯塔法起身，站在他們之中，開口時聲音像乘著強風而來。他說：

「孤身一人！那又如何？你獨自前來，也將獨自消失在霧中。

「所以，安靜的獨飲你手中那杯吧！正如秋日盛滿你的杯子，它也為別人的唇注入苦甜參半的酒液。

「儘管杯中的味道如同你的血與淚，也請獨自啜飲，並讚頌生命賜予你口渴的禮物。

「若無口渴，你的心不過是貧瘠海床的夾岸，喑啞無歌，不起波瀾。

「獨自啜飲你的酒吧，歡快的喝下。

「將杯盞高舉過頭，大口敬那些獨飲之人。

「我曾試圖找人相伴，坐在他們的宴席上，與他們痛飲。但是他們的酒沒有注入我的腦海，沒有流入我的胸口，只灑落至我的雙足。我的智慧最終乾涸枯槁，我的心緊鎖封印，只剩我的雙腳同在他們的濃霧之中。

「此後，我不再找人相伴，也不再共飲他們的筵席。

「所以，我對你們說，即便時間的腳蹄重重踩上你的胸口，那又如何？你最好獨自飲下杯中之悲，獨自飲下杯中之樂。」

# 石頭與星星

Stone and Star

一日，希臘人伐卓斯走入花園。他的腳踢到了石頭，心中發怒。他彎身撿起石塊，以低沉的嗓音說：「你這沒有生命的死物，竟敢擋住我的路！」然後將石塊拋開。

天選而備受鍾愛的阿穆斯塔法說：「你怎會說它是『死物』？你在這座花園待了這麼久，難道還不知道這裡沒有任何一物死去？所有的一切都活在白日的瞭然與夜晚的恢弘裡，煥發光芒。你與那石塊本是一體，唯一的差別只有心跳。朋友啊，你的心跳得更急，不是嗎？是啊，只是那顆心並不平靜。

「石頭或許跳動著另一種節奏，但我說，你若探測靈魂之深，衡量宇宙之高，你會聽見它們響起同一種旋律。在那旋律之中，石頭與星子齊聲歌唱，完美交融。

「如果我的話語無法觸動你，那就靜待下一次曙光吧。如果你因為自己盲目絆到石頭，就對石子出聲咒罵，哪一天當你的頭在空中撞上星星，難道你也要詛咒星辰嗎？

「終有一日，你將如孩子採摘鈴蘭般收集著石頭與星星，那時你就會明白，所有一切自有生命，芬芳無比。」

# 上帝

## God

一週之始，廟宇的鐘聲迴盪在他們耳中。有個人說：「賢者，我們時常聽見身邊有人談論上帝。你會如何談論神？若窮究真理，祂是誰？」

他站在他們面前，像棵不懼颶風暴雨的新生之樹。他答道：

「我的同袍與親愛之人啊，請想像一顆心，涵容你們所有人的心；想像一種愛，包含你們所有的愛；想像一種精神，擁抱你們的一切精神；還有一種聲音，含納你們的每一種聲音；以及一種沉默，深邃過你們所有的沉默，而且無垠不朽。

「在你的自滿中，請試著覺知一種美，比一切美好事物更加醉人；一支曲子，比海洋與森林之歌更為廣闊；以及一名王者，安於寶座，在祂腳邊，獵戶座不過是支腳凳；在祂權杖上，七姐妹星團也只是晶瑩閃爍的露珠。

「一直以來，你們只為衣食溫飽，只求庇護扶持。然而此刻，試著追求一種存在，不是你箭矢瞄準的目標，也不是為了遮風避雨的石穴。

「如果我的話語是礫石，是謎團，那麼請藉此讓你們的心被擊碎，使你們的探問引領你們到祂的愛與智慧面前。這位至高無上的人，人們稱之為神。」

聽到這裡，他們全部靜默無語，心中困惑。

阿穆斯塔法滿懷同情，眼神溫柔的望著他們，說：

「先不談論我們天上的父神吧，讓我們聊聊天地間的萬神，也就是你們的鄰人、兄弟，以及流動在你們家屋與田地間的自然氣息。

「你們想像自己飛升雲端，認為那是至高；你們跨越廣袤海洋，宣稱那是極遠。

「然而我告訴你們，當你們在土裡播下種子，達到的高度會更高；當你們向鄰居問候，讚嘆晨光之美，跨越的海洋將更加寬闊。

「你們時常歌詠上帝，那個無限者，事實上，你們從未真正聽見歌聲。

「但願你們能聽聽婉轉的鳥兒，聽聽葉子在風起時告別枝椏的聲音。而且朋友啊，不要忘記，它們只有與樹枝分別時，才會揚起歌聲。

「再一次，我請你們不要如此輕易地提及神，祂是你們的一切所有。相反的，聊聊彼此，認識彼此吧。你們互為鄰居，也互為對方的神。

「就像當母鳥翱翔天際，誰來餵食巢中的雛鳥？若沒有蜂兒授粉，田野中的銀蓮花又要如何傳情相交？

「只有當你們迷失在自我之中渺小的那個部分，才會尋求你們稱之為神的天空。但願你們尋得那條通往自我寬闊之處的路徑。但願你們不再空虛，而是鋪築踏實的道路！

「我親愛的水手與朋友啊，我們無法理解神，卻能夠認識彼此。或許更有智慧的，就是少談論上帝，多聊聊彼此。

「但我希望你們知道，我們是神的氣息與芬芳。我們就是神，在樹葉花朵，或者，更常在果實之中。」

# 赤裸
## On Naked

那日早晨，太陽已升至天頂。

一名追隨者是阿穆斯塔法的孩提玩伴，此時走到他身邊說：

「賢者，我身上的衣衫磨損不堪，我沒有其他的衣物。請容許我前往市場，或許能取得一襲新衣。」

阿穆斯塔法看著這名年輕人，說：

「給我你身上的衣衫。」

男子依言，當下全身赤裸地站在日正當中。

阿穆斯塔法開口，聲音像一匹幼駒抖擻上路。他說：

「只有赤身露體者活在陽光之下，只有率真無欺者御風而行，也唯有迷途千次的人，才會返家。

「天使厭倦了伶俐之人。不過，昨日才有一名天使對我說：我們創造地獄，正是為了耀目迷人者。畢竟除了火焰，還有什麼能夠燃盡光鮮亮麗的表面，將物體融至核心？

「我說：可是，創造地獄，不也創造出管轄地獄的魔鬼？

「天使回答：不，管轄地獄的，是不願臣服於火焰之人。

「睿智的天使啊，他多麼清楚人類與非人者不同的行徑。他是熾天使之一，在先知惑於伶俐的表象之時前來看顧。想當然爾，當先知微笑，他也隨之微笑，當先知哭泣，他也跟著落淚。

「我親愛的水手與朋友啊，只有赤身露體者活在陽光之下。只有無舵可依者，能夠航行至更廣闊的海洋。只有隨著夜晚沉入黑暗，才能在曙光中醒轉。唯有與雪地裡的樹根同眠，才能遇見春天。

「你們就像植物的根，像根一樣單純，卻擁有大地的智慧。像根一樣沉默，卻有四季的風在尚未誕生的枝椏間齊聲高唱。你們渺小而形貌未定，卻是高聳橡樹的開端；也是依傍天空的柳樹、那朦朧速寫的起筆。

「再一次，我說你們只是植物的根，介於黑暗土壤與動態天空之間。我常見你們起身與光同舞，也曾見你們羞澀卻步。所有的根都性格羞怯，他們長久隱藏自己的心，已經不知道該拿心怎麼辦。

「但五月終將到來。

「五月是不願安歇的處女，將要孕育山丘與原野的生機。」

# 存在
## On Being

曾在神殿中服侍的追隨者向他懇求，說：

「賢者，請教導我們，使我們的話語能夠如同你的話語，成為人們的吟唱之詞與繚繞之香。」

阿穆斯塔法答道：

「你們將飛升超越自己的話語，卻留下行過之徑，那是韻律也是香氣。韻律獻給愛人與被愛之人，香氣則給予那些願在花園中生生不息之人。

「然而，你們將超越自己的話語，飛升至山巔，那裡有星塵灑落，你們將張開手心直到盛滿雙手。然後你們將躺在地上，如白色雛鳥在白色的巢中甜睡，你們會夢見明天，就像純白堇花夢著春天。

「是啊，你們將下潛至比文字更深之處。你們將尋覓溪流失落的源頭，成為隱密的洞穴，迴盪來自深處的幽微之聲；即便此刻你們還聽不見那個聲響。

「你們將下潛至比文字更深之處，甚至深過所有的聲音，直探大地之心。在那裡，你們將獨自與祂同在。祂是那漫遊銀河者。」

過了一會兒，一名追隨者問：

「賢者，告訴我們關於存在吧。存在是什麼意思？」

阿穆斯塔法凝視他良久，心中是對他的愛。

他起身走到一段距離之外，然後回頭，說：

「這座花園裡躺著我的父親與母親，他們由生者親手埋葬。同樣在這座花園裡，埋著昔日的種子，它們乘著風的羽翼前來。

我的父母將在此處埋葬千次，風也將帶著種子前來千次。而千年之後，你們與我和這些花朵都將如此時此刻重聚在這座花園。那時，我們都將存在且愛著生命，存在且夢著宇宙，存在且朝著太陽升起。

「然而今日此時，存在是擁有智慧，卻對愚者毫不陌生；是能夠強壯，卻不因此喪失脆弱；是與稚齡孩童一起玩耍，卻不是以父親的身分，而是作為玩伴，願意學習他們如何遊戲。

「你雖仍與春神同行，卻也能和老翁老嫗同坐在老橡樹的樹蔭底下，單純而實誠。

「儘管詩人可能住在七條河川之外，你仍啟程尋覓，而且在對方面前感到平靜，無所欠缺，無所質疑，唇邊不需掛著問題。

「你知曉聖人與罪人實為兄弟，他們的父親都是我們在天上那慈愛的王，只是其中一位早一刻出生，因此被我們視為王儲。

「追隨美的腳步，即使她將領你至懸崖邊緣，即使她擁有羽翼而你沒有。即使她就要飛越斷崖，也請亦步亦趨，因為沒有美的所在，便是一片空無。

「成為沒有圍牆的花園，沒有守衛的果園，你是永遠為路人開啟的寶庫。

「你或許被劫掠奪取，背叛欺瞞，甚至被誤導構陷，最終受到奚落嘲笑。然而在這一切之中，你從更大自我的高度俯瞰微笑，知道春天即將來到你的花園，在你的葉隙間舞蹈；知道秋天將使你的葡萄鮮美成熟；知道只要你有一扇窗向東敞開，便永不匱乏；知道所有人們口中的惡人、強盜、叛徒與騙子，都是你們窮困交加的兄弟。而且，或許在這座城市之上，神的隱形國度裡，那些神所賜福的居民眼中所見的我們，亦復如是。

「此刻，你們之中以雙手製造、並找尋一切供我們得享日夜安逸之人，對你們而言，存在是成為一名織工，手指能視；成為一名建築工，覺察光線與空間；成為一名耕者，感覺自己所播下的每粒種子，都是藏起的一份寶物；成為一名漁夫與獵人，對魚與獸心懷憐憫，卻對人類的飢餓與需求深刻同情。

「最重要的是，我要說：願你們每一個人都與所有人的追求結為夥伴，唯有如此，你們才能擁有好的意圖。

「我的同袍與親愛之人啊，要勇敢無畏而非溫順怯弱；要涵容所有而非畫地自限；直到你我的最後一刻，都要以更寬闊的自己存在著。

接著，他不再言語，一股深沉的憂鬱落在九個人的身上，他們的心被帶離他身邊。他們不理解他的話語。

看哪，三位原是水手之人嚮往著海洋；原在神殿中服侍之人渴求神殿的安慰，曾是阿穆斯塔法玩伴的那幾位，則渴望前去市場。他們都對他的話語充耳不聞，使得這些話語的聲音回返到他的面前，就像無家的倦鳥尋求庇護。

阿穆斯塔法走到與他們相隔一段距離的花園一隅，不發一語，也不看他們。

然後，他們開始向彼此辯解，找尋藉口想要離開。

就這樣，他們全都轉身離去，回到他們所屬之地，留下阿穆斯塔法。

那天選而備受鍾愛之人，最終獨自一人。

# 心靈之果

## The Fruit in the Soul

當夜幕完全降臨，他一步步走到母親的墓前，坐在墓旁生長的雪松樹下。一抹亮光乍現天空，花園閃耀如同大地懷抱裡一顆明亮的珠寶。

阿穆斯塔法的心靈在孤寂中吶喊，他說：

「我的靈魂結滿了圓熟的果實，但有誰前來摘取，獲得飽足？難道沒有仁慈慷慨之人，經歷過一番斷食而願意前來開齋，享用我在陽光下產出的第一批果實，減輕我豐厚的重擔？

「我的靈魂滿溢歲月的陳酒，難道沒有口渴之人願意前來飲用？

「瞧，有位男子站在十字路口，向路人伸出雙手，手上滿是珠寶。

他向路人招呼：「請可憐我，利用我吧。看在上帝份上，取走我手上的寶物，給我安慰吧。

「但是路人只是望著他，沒有人從他手中拿走任何東西。

「寧可他是乞丐，伸手討要，將一隻顫抖卻毫無所獲的手縮回胸前，如此也好過伸出一隻滿是財寶的手，卻無人問津。

「瞧，有位尊貴的王子在遠山與沙漠之間掀起了絲質帳簾，命令僕人生起火堆，作為陌生人與流浪者的指路記號。王子甚至派遣奴隸到路上守候，如此或許能請回一位客人。然而，沙漠裡的道路與小徑一意孤行，他們一個人也沒有找到。

「寧可王子是個無名無姓之人，尋求餐食與遮蔽。願他是個流浪者，除了手杖與泥碗，一無所有。如此，當夜晚來臨，他會遇見同類，遇見同樣無名無姓的詩人，他們將分享乞討的日子，分享回憶與夢想。

「瞧，帝王之女自睡夢中甦醒，罩上絲衣，穿戴珍珠與紅寶石，在髮際輕灑麝香，並且將手指浸上楓香樹脂。然後她步下塔樓，走入花園，讓夜露沾上她金色的涼鞋。

「寂靜的夜裡，帝王的女兒在花園裡尋找愛情。然而，在她父親廣大的王國裡，竟沒有一位她的愛人。

「寧可她是農家之女，在田野間照顧父親的羊群，黃昏時分回到父親的屋裡，雙足沾滿了蜿蜒道途上的塵埃，衣服皺摺中藏著果園的香氣。當夜晚來臨，夜的天使降臨人間，她會躡手躡腳來到河谷地，她的愛人在此相候。

「寧可她是修道院中的修女，將她的心點燃為香，讓心意升騰風中；將自己的精神當作蠟燭燃燒殆盡，只為產生火光，向著更偉大的光，正如其他敬拜之人，以及愛人者與被愛者。

「寧可她是蒼蒼老婦，坐在陽光下，回憶著曾與她共享青春之人。」

夜晚逐漸深沉，阿穆斯塔法的神情宛如夜色般濃重，他的心靈是未能散去的雲朵。他再次高喊：

「我的靈魂結滿圓熟的果實。

此刻誰將前來享用，得到滿足？

我的靈魂滿溢歲月的酒。
誰將傾倒飲用，在沙漠酷暑中覓得清涼？

「但願我是一棵無花無果之樹，
因為豐足飽滿的痛，比起荒蕪貧瘠更加苦澀，
富貴卻無人取用的悲傷，
比乞丐得不到人施捨的悲哀更加巨大。

「但願我是一口乾涸枯竭的井，人們向我投石，
也好過是一汪活水泉源，人們從旁走過而不飲用，
後者豈非更難承受。

「但願我是被人踩在腳下的蘆葦，
也好過是支由銀弦製成的里拉琴，
卻擺在一間主人沒有手指，孩子耳聾失聰之屋。」

# 遠離

**Leave away**

而今，七個晝夜過去，沒有人走近花園，阿穆斯塔法獨自與他的回憶與苦痛共處。即使是那些曾以愛與耐心聆聽他話語的人，也已經轉身追尋別的日子了。

只有卡麗瑪前來，臉龐罩著沉默的面紗，手中端著杯與盤，為他的孤獨與飢餓帶來酒飲與餐點。她將這些放到他面前，然後起身離去。

阿穆斯塔法再次來到花園大門內的白楊樹旁，他坐下望著道路。過了一會兒，他看見路面上彷彿捲起一團塵土，朝他而來。塵霧中走出那九位追隨者，卡麗瑪在前面引導。

阿穆斯塔法上前與他們在路上相會，他們走進大門，一切如常，好像離他們踏上各自的路才不過一個小時。

他們進入屋內，待卡麗瑪在他樸實的餐桌放上麵包、魚肉，並將最後一滴酒也倒入杯中後，他們共進晚餐。

倒酒時，卡麗瑪懇求賢者：

「請容許我進城取酒，重新注滿那些飲盡的空杯。」

他看著她，眼中是旅途與遙遠的國度。他說：

「不，此時此刻如此便已足夠。」

於是他們吃喝享用，直到酒足飯飽。

餐會結束時，阿穆斯塔法說話了，聲音寬闊無邊如海水般深沉，也像月光下高漲的潮水。他說：

「我的同袍與同行者啊，今日我們必須分別。長久以來我們共同航行於變幻莫測的海洋，登上最陡峭的高山，更曾與暴風雨搏鬥。我們曾飢餓匱乏，也曾享婚禮盛宴。許多時候我們衣不蔽體，卻也曾華服錦衣。我們確實曾一同在遠方遊歷，卻在今時此刻別離。你們將去往你們的方向，而我必須獨行我的道路。

「儘管海洋與寬廣大地將我們分離，但在前往神聖之山的旅途上，我們仍是同伴。

「分道揚鑣之前，我願給予你們我心間的豐收與碎穗：

「唱著歌兒上路吧。但讓每一首歌都精煉小巧，因為只有你唇邊早逝的歌曲將流傳在人們的心中。

「以最少的話語道出美好的真理，但別以任何詞句吐出醜陋的真相。告訴那位秀髮閃耀在陽光下的少女，她是晨光之女。但若你看見目盲之人，不要對他說他屬於夜晚。

「傾聽吹笛手的樂曲，彷彿你在聆聽著四月；但是當你聽見批評者與挑剔者發言，要像你身上的骨頭那般無聽無覺，像腦中幻想般疏離遙遠。

「我的同袍與親愛之人啊，在你們前行的路上，將遇見長著獸蹄的人，請回饋以你們身上的羽翼；遇見頭上長角的人，請回饋以桂冠花環；遇見伸出手爪之人，請回饋以花圈戒指；遇見舌如蛇蠍之人，請回饋以蜂蜜般真純的話語。

「是啊，你們將遇見所有的這一切，且不僅於此。你們將遇見跛足之人兜售拐杖，目盲之人販賣鏡子。你們將遇見富翁在神殿的門前向人乞討。

「對於跛足之人，請給予你們的靈動敏捷；對於目盲之人，請給予你們的眼見之明；對於富裕的乞丐，務必給出你們自己。他們是最有需要的人，畢竟一個人即便坐擁財產，如果不是真正的匱乏，又怎會伸出手來求人施捨。

「我的同袍與朋友啊，出於我們的愛，我指示你們，要成為數不盡的道路，交會在沙漠之中，在獅群野兔行經之處，在狼群與羔羊生息之地。

「請這麼記得我：我教導你們的，不是給予，而是接受；不是拒斥，而是悅納；不是屈服，而是理解，且唇邊帶著一抹微笑。

「我所教導你們的，不是沉默，而是一首不過度激昂的樂曲。

「我教導你們關於自己的大我，其中包含了所有的人。」

然後他從餐桌旁起身，逕自步入花園，走到白日將盡的柏樹樹影下。

他們跟在他的身後，卻隔著一段距離，因為他們心中沉重，舌頭像是黏在了上顎。

只有卡麗瑪在收拾完杯盞之後，走到他身邊說：

「賢者，希望你能讓我為你的明日與行旅準備食物。」

他看著她，眼中所見是另一個世界。他說：

「我的姊妹與親愛之人啊，可以了，從最初那一刻便是如此。酒食都已足夠，足夠供應明日，正如我們的昨日與今日。

「我將離去，但我若帶著尚未發出聲響的真理而去，不管我是否已經化為煙塵，遍撒進永恆的沉默之中，那份真理終將尋覓我，重拾我。那時，我將再次來到你們的面前，讓我能以重獲新生的聲音說話，那聲音誕生自無邊沉默的心間。

「如果我還有任何美的事物尚未向你們宣告，我將再次得到召喚，召喚之聲或許便是我的名，阿穆斯塔法。屆時，我將帶來徵兆，讓你們知道我回返此地，述說一切未盡之言。因為神不會容許對人有所隱藏，也不會讓祂的話語在人心的深淵中遭到掩蓋。

「我將越過死亡邊界，我將在你耳邊歌唱，
即便海洋的浪已將我帶回廣闊海洋深處。
我將與你同坐桌前，縱使無形無貌。
我將隨你步入田野，如同一縷隱形的靈魂。
我將來到你的爐邊，就像一位看不見的訪客。
死亡不會改變任何事物，只會改變我們臉上遮掩的面具。
木工仍是木工，農夫也依然是農夫，
對風歌唱之人，仍舊要向運轉的星球歌唱。」

追隨者如石像般靜默，因為他方才的那句「我將離開」而感到哀痛。

但是，沒有人伸手留住賢者，也沒有人跟隨他的腳步。

然後，阿穆斯塔法走出了他母親的花園，步伐輕快卻悄無聲息。

片刻之間，如同強風中樹葉颳落般，他已離他們遠去。

他們眼前所見彷彿一道白色光芒升向高處。

九個人各自踏上他們的道路，唯有她仍站在他們相聚的夜裡，看著白晝光亮與黃昏暮色融合為一。

她想著他的話語，以此撫慰心中的憂傷與孤寂，他說：「我將離去，但我若帶著尚未發出聲響的真理而去，那份真理終將尋覓我，重拾我。那時，我將再次來到。」

# 重生

## Reborn

此刻黃昏降臨。
他已抵達山丘，他的步伐引領他來到霧中，站在岩壁與一棵向
萬物隱藏的柏樹之間。他開口說：
「喔，霧啊，我的姊妹，未被圈擁塑形的白色氣息啊，
我回到你的身邊，
你是純白無聲的氣息，尚未傾訴的字句。

「喔，霧啊，我擁有羽翼的姊妹，此刻我們同在。
我們將同在直到生命的次日，
黎明將產下你為晨露，在花園之中，
將生下我為嬰孩，在女人的胸脯，
那時我們將會憶起。

「喔，霧啊，我的姊妹，我回來了，
一顆心在深處傾聽，正如你的心，
一種渴望漂泊無向卻隱隱作痛，正如你的渴望，
一縷思緒飄散未定，正如你的思緒。

「喔，霧啊，我的姊妹，我母親的第一個孩子，
我的手中仍握著你囑我散播的綠色種籽，
我的雙唇仍守著你要我高唱的歌曲；
為你，我沒有帶來果實，沒有帶來迴響，
因為我的雙手盲目不見，雙唇固執不依。

「喔，霧啊，我的姊妹，我曾深愛這個世界，她亦曾愛我。
我的每一抹微笑都在她唇邊，她的每一滴淚水都在我眼中。
然而，我們之間有一道沉默的裂口，

她不願橫穿，我亦無法跨越。

「喔，霧啊，我的姊妹，我不朽的姊妹霧啊，
我向我的小小孩兒唱起古老歌曲，
他們聽著，滿臉好奇，
但明日或許他們便會忘記，
而我不知道風會將歌聲帶給誰。
儘管那不是我的歌，卻曾來到我心裡，
曾有一刻停留在我唇邊。

「喔，霧啊，我的姊妹，
縱使一切行至終點，
我亦平靜安寧。
能唱歌給那些已經誕生之人，便已足夠。
即使歌聲其實不屬於我，

卻唱出我心中最深的渴望。

「喔，霧啊，我的姊妹，我的姊妹霧啊，
此刻我與你成為一體，
我不再是一個我。
高牆已經傾頹，
鎖鏈已然斷裂；
我飛升到你身邊，化作一陣霧，
我們將一同飄蕩海上，直到生命的次日。
那時黎明將產下你為晨露，在花園之中，
將生下我為嬰孩，在女人的胸脯。」

# 從先知到先知的花園
The Prophet & The Garden of The Prophet

作　　者　紀伯倫 Kahlil Gibran
譯　　者　何雪菁
封面設計　萬勝安
內頁排版　高巧怡
行銷企劃　蕭浩仰、江紫涓
行銷統籌　駱漢琦
業務發行　邱紹溢
營運顧問　郭其彬
責任編輯　李嘉琪
總 編 輯　李亞南
出　　版　漫遊者文化事業股份有限公司
地　　址　台北市103大同區重慶北路二段88號2樓之6
電　　話　(02) 2715-2022
傳　　真　(02) 2715-2021
服務信箱　service@azothbooks.com
網路書店　www.azothbooks.com
臉　　書　www.facebook.com/azothbooks.read

發　　行　大雁出版基地
地　　址　新北市231新店區北新路三段207-3號5樓
電　　話　02-8913-1005
訂單傳真　02-8913-1056
初版一刷　2023年12月
定　　價　台幣280元

國家圖書館出版品預行編目(CIP)資料

從先知到先知的花園/紀伯倫(Kahlil Gibran)著；何雪菁譯. -- 初版. -- 臺北市：漫遊者文化事業股份有限公司出版；新北市：大雁文化事業股份有限公司發行, 2023.12
　面；　公分
譯自：The prophet & The garden of the prophet
ISBN 978-986-489-877-0(平裝)
865.74　　112019303

圖片版權說明：
封面及內頁插圖來源為紀伯倫親手畫作，
以及@British Library免費圖庫。

ISBN　978-986-489-877-0